五度目のさよならを言う前に

川上 繁男
Shigeo Kawakami.

文芸社

＊　＊　＊

前略

元気で暮らしていたでしょうか？

突然の便りで、さぞかし驚いたことでしょうね。

貴女のことは古田さんからの便りで、結婚して伊豆の修善寺に住んでいる、とだけ伺っていました。この二〇数年もの間、かつての恋人であった沢村恵理子のことは忘れることはなかったのですが、結婚して伊豆の修善寺に住んでいる、ということ以外にはなにも知ることはありませんでした。

このたび、ひょんなことから、

「三〇年前の仲間で、もう一度集まらないか」

ということになり、古田さんがいろいろと努力してくれ、かつての仲間たちの住所を調べてくれました。

その古田さんから貴女の住所を教えてもらい、この手紙を認めています。

沢村恵理子が福岡県豊前市から上京し、東京で結婚して「小川恵理子」になったあと、どういう人生を送ってきたのかは、古田さんに聞けば教えてもらえたのかもしれませんが、私はあえてそうはしませんでした。

古田さんからは毎年の年賀状の他に、一、二年に一度ほど、手紙での便りがありましたが、結婚して小川恵理子となってしまった貴女のことは、私のほうからは尋ねることはしなかったのです。

聞けば、やっと永い時間をかけながら心の片隅に追いやってきた、忘れようとしていた古い心の傷あとがまた疼《うず》きはじめてしまう。それが怖くて聞けなかったのです。

「結婚したのなら、きっと幸せに違いない。

それでいいんだ」

そう自分に言い聞かせてきました。

なにしろ、沢村恵理子が私に投げつけたたくさんの言葉のうち、当の沢村恵理子はもうとっくに忘れているはずの、

「いろいろお世話になりました。

あたし、貴方のことを一生忘れません。

そして、寛大になってくれなかったことを、いつまでも恨みます」

「あたし、あたしの一番嫌いな人と結婚してやるから……。

そして、うんと不幸になってやるから……」

という、三〇年前の、あの悲しい言葉が私の脳裏から消えることがなかったからです。

故郷を出て、上京してから結婚するまでの沢村恵理子のその後の青春と、結婚して小川恵理子となった貴女の、新しい人生がどんな道程《みちのり》だったのかは、もし本当に二七年ぶりにお会いすることができるとすれば、その時にお伺いしたい、と思っています。


この手紙を書いた本題の用件にはいる前に、大分県中津市を出てからあとの、私の歩いてきた道程をかいつまんでお話しておきます。


私は昭和三九年一月一七日、中津市を発《た》ってから下関市で一ヶ月、広島市で二ヶ月、そして京都市で九ヶ月暮らしたあと、私が広島にいたとき、一人で上京してしまった貴女のあとを追うようにして、昭和四〇年二月、東京へ転職をしました。

上京後は転職はしなかったものの、港区新橋から川崎市へ転属になり、再び港区新橋に戻ったあと、札幌市、そして福島県郡山市と各地を転任しました。

結婚したのは川崎市にある営業所にいた昭和四四年三月二九日。

東京に行ってしまった恵理子を説得するために、京都から上京し、国分寺駅前の喫茶店で話し合ったのが昭和三九年七月七日。

あの時、

「あたしは結婚なんかしない。

だから、貴方が結婚したいんだったら、田舎の女性《ひと》と結婚すればいいのよ」

恵理子にそう言われて、不本意な訣別《けつべつ》をしてから四年八ヶ月後の、二五歳になった春のことでした。

結婚の相手は沢村恵理子が言っていたような「田舎の女性」ではなく、横浜生まれの横浜育ちで、生粋《きっすい》の横浜《はま》っ子でした。

当時の女性としては長身の一六三センチ。

丸顔で大きな瞳。

男勝りで勝ち気な性格……。

沢村恵理子と不本意な別れ方をしたあと、失意のどん底で喘《あえ》いでいた私には、なにもかもが昔の恋人にオーバーラップして見えていたのかもしれません。

当時、私は東京に本社のある運送会社に就職して、すぐ川崎に転任し三年ばかりが経過していました。その運送会社の得意先だった食品製造会社の工場が川崎市にあり、私は工場の中におかれていた営業所に勤めていました。

私が営業所に赴任したころは、その得意先の本社は東京都中央区にありました。

ところが二年ほど経《た》ったころ、工場との一体化を図り、同時に経費を削減するため、という名目で本社が川崎市の工場に移転されてきたのですが、移転してきた本社の事務員の中に今の妻がいたのです。

営業実務担当だった彼女は、営業担当者からの要望で急な出荷要請があるたびに、私のいた出荷事務所を訪れて出荷指示をしていましたので、私たちはいつしか顔馴染《かおなじ》みになっていました。

沢村恵理子と別れ、傷心のままに無為な日々を送っていたころのことで、私は仕事と遊びの両方に没頭し、没頭することで沢村恵理子を忘れようとしていました。月によっては二〇〇時間を超えるような時間外労働をこなしていたそんなある日、疲れきっていた私は小さなミスを犯してしまいました。

「少し休養が必要だな」

上司はそう言ってくれ、その日は定時に上がらせてくれました。一年に数度あるかないか、という定時上がりをさせてもらったその日、偶然にも彼女と同じバスに乗り合わせたのでした。

ところがその日、彼女は大きな瞳を真っ赤に泣き腫《は》らしていました。

常日ごろから快活で、勝ち気な負けず嫌いの彼女ばかりを見ていた私には、にわかには信じられない姿でした。

「鬼の眼にも涙ってやつか?」

そんな冗談を言いながらも、私は東横線武蔵小杉駅で乗り換えをするために下車した彼女を喫茶店に誘いました。

そして、その日が彼女の失恋記念日になってしまったことを知ったのです。一年に数度あるかないか、という定時上がりの、その日の、その偶然の出会いが彼女の失恋記念日だった、というのは「運命という名のバスに乗り合わせた」結果だったのだろうと思います。

できたばかりの新しい恋の傷に悩む彼女と、癒すに癒せぬ古い恋の傷あとに苦しみ続けていた私でしたから、彼女の傷をかばっているうちに、「情」が「恋」に変わっていくのに、そう長い時間はかかりませんでした。

そして、その偶然の出会いの日が、沢村恵理子を失ったあとの私の新しい人生の始まりの日となったのです。

私は神や仏はあまり信じるほうではありませんが、沢村恵理子との出会いや、妻との出会いがそんないくつかの偶然の積み重ねの結果だったことを思うと、運命の神様だけはいるような、そんな気がしています。

私にとっての沢村恵理子が高嶺の花だったのと同様に、あの当時「ミス西区」と言われ(横浜市西区に住んでいましたので)、勤めていた会社の社名を冠して「ミスダイワ」と呼ばれていた彼女も同じように高嶺の花でした。

ライバルは数しれず、引く手あまた、の状態でしたが、

「もう二度と同じ失敗を繰り返すまい。

今度こそ逃《のが》すまい……」

そう心に誓い、それまでの意気地のない、弱い自分を捨てました。

彼女に出会うまでの私にとって、唯一《ゆいいつ》の心の拠《よ》り所であった沢村恵理子が既に結婚してしまっていたことも、そんなふうに私を変えたのかもしれません。

彼女はお得意先のマスコットガールだっただけに、

「自社のマスコットガールを他社の男にさらわれてしまう」

ということもあって、周囲は決して温かい眼ばかりではなかったのですが、四年前と同じ自分とは思えぬほど強引に突き進みました。

そして初めてのデートから二ヶ月後、横浜の関内駅前の「カウベル」で飲んだ帰り道、彼女を引き寄せてファーストキスを奪ったあとで、

「おれに付いてくるか?」

そうプロポーズしました。

奇《く》しくも五年前に、沢村恵理子にプロポーズしたときと同じ言葉でした（一途なだけの九州

男児には芸はないのです)。

五年前、恵理子の唇を奪うことはなかったけれど、恵理子は、

「どうして、連れていくから付いてこい!って、言ってくれないの?」

そう言ってくれたことがあった。それは私にとっては、忘れることのできないほど嬉しい言葉の一つではあったのですが……。

私にとっては恵理子への言葉と、彼女への言葉にはなんの違いもなかったはずでしたが、強いて言えばそれは若さの差だったのかもしれません。

同じ言葉ではあっても彼女への言葉には五年間という、それだけの時間《とき》の経過があり、その時間の経過の分だけ私も大人になっていた、ということなのだろうと思います。

彼女とは出会ってから、たった一言のプロポーズで結婚するまで、わずか半年でした。

私は五年間という時の流れを経て、五年前と同じように半年間の恋をして、やっと沢村恵理子を思い出にすることができたのでした。

結婚式は私より先に田舎を飛びだしていた両親が神戸で落ち着いていたことと、私の親戚のほとんどが九州で、彼女の実家が横浜だったことから、地理的に真ん中だった神戸で挙げました。

沢村恵理子を迎えるために築き上げた川崎の六畳一間の小さなアパートから、親戚の紹介で

入居することができた横浜の二DKの公営アパートに移って、新生活をスタートしたとき、

「貧乏でもいい。

幸せな家庭を作ろう……」

そう誓いました。

五年前、

「恵理子を迎えに帰るまで頑張ろう」

そう決心して、生まれ育った故郷を飛びだしたものの挫折してしまった。

しかし恵理子と挫折してしまったあともなお、叶わぬ夢と知りつつも、恵理子を迎えるために、六畳一間のアパートに必死の思いで独立した。

テレビに、タンスにベッドに、テーブル。食器やコーヒーセット等々の家財道具を少しずつ買い足して……。

やっと家庭らしいものができ上がった。

私鉄東横線武蔵小杉駅から歩いて六分。

それは、

「(二年経ったら)恵理子をきっと迎えに帰る」

との約束に遅れること、わずか一年と四ヶ月後の、昭和四二年五月二六日のことでした。

あの時、月給は三万六二〇〇円。

やっと入居することができた六畳一間のアパートの家賃は八〇〇〇円でした。

あの青春時代にとって、一年四ヶ月あまりの歳月は永過ぎたのかもしれないけれど、あれほど待ち望んでいた結婚できる条件が整ったときには、迎えに帰るつもりの中津の街には、一緒に暮らすはずだった沢村恵理子はいなかった。

そしてそれから一年半後に、私は新しい恋に出会った。

「運命の神様はいたずらが好きなんだな……」

そんなふうに受け止めました。

もっとも、運命の神様がいるとしたら、その神様はあまりに落ち込んで、希望を失ったまま、荒《すさ》んだ暮らしを送りつつも、必死に夢を追い続けていた私を哀れに思い、新しい恋をプレゼントしてくれたのかもしれませんが。

あのころ、やっとの思いで借りた六畳一間の小さな自分の城に、最初に買いそろえた家財道具のうち、飾り棚のついた整理ダンスだけは今でも残っています。

その飾り棚の中には、恵理子の夢が込められていたであろうアイヌの木彫り人形の小さなニポポが、たくさんの人形たちの居並ぶ隅っこに、何を思いながらでしょうか、今もひっそりと佇《たたず》んでいます。

結婚後、暫くは横浜に落ち着いていたのですが、思わぬことから労働組合運動に誘い込まれ、それから人生の歯車が狂い始めました。

オイルショックという追い風もあってか、思いがけなくも昇りつめた労組委員長の座でしたが、愚直な九州男児には務まる職ではありませんでした。

委員長を務めていた昭和六一年秋、意に反して権力闘争に巻き込まれ、力及ばずその椅子を追われて職場復帰をしなければならなくなったとき、人の心の荒んだ東京で暮らすことよりも、最も知人の少ない北海道への転任を希望しました。

いつか沢村恵理子が、

「すずらんの花の咲くころ、北海道に連れて行って……」

そんなことを言っていたことも心の片隅にありましたが、もともと、私自身も北海道には強い憧憬《しょうけい》を持っていましたから。

一昨年の八月、五年間住んだその札幌も追われるようにして、ここ郡山市の関係会社に転任するハメになりました。

曲がったことの嫌いな、直情的で短気な性格だけは昔と変わらず、単なる短気で沢村恵理子を失ったのと同様に、仕事でもそんな性格ゆえに上司とぶつかってはけんかをして、それがいつも転任となる主原因でした。

遥か三〇年前、生まれ故郷を飛びだす原因となった、沢村恵理子に始まる、短気は損気を地で行くような人生は、昔も今も変わっていません。それが私に与えられた人生なのだ、と諦観しています。

ただ、だからと言って、そのことで沢村恵理子を恨んだことは決してありません。下関から広島へと転職し、その広島にいたとき、恵理子は私の制止を振りきるようにして生まれ故郷を飛びだし、東京へ行ってしまった。

私はその一ヶ月後に広島を捨て、夜逃げ同然にして京都へ三度目の逃避をした。あの時、恵理子の行ってしまった東京ではなく、京都を選んだのは、やはり九州男児としての男の意地でした。どんなに好きな女でも、その女の尻を追っ掛けるような真似だけは絶対にしたくない、という……。

その京都にいたとき、東京に行ってしまった恵理子を説得しようと上京し、国分寺駅前の喫茶店で大げんかをした。そしてそれが原因で別れることになってしまった。

一旦京都に帰ったあと、古田さんの仲介で仲直りをし、文通を再開した。そして恵理子からの何通目かの手紙の文言に激高した私は怒りにまかせて別れの手紙を書いてしまった。あの時、自分では冷静だと思っていたのですがその実、冷静ではなかったことをあとで知りました。まさか最後の手紙に、「こうなってしまったのは恵理子のせいだ」などと書いてしまい、その言葉に恵理子が悩んでいる、などとは思いもしなかったのです。

私が京都で書いた最後の手紙で沢村恵理子が悩んでいる、と親友の黒木から聞いたとき、私もまた、悩みました。

あの沢村恵理子との思い出だけは、

「いつまでも美しく、きれいなままの思い出として、大切に残しておきたい」

そう思っていたのに、その相手を傷つけてしまったことを知ったとき、未熟であった自分の愚かさを恥じました。だから黒木からその話を聞いたあと、すぐにお詫《わ》びの手紙を書いたのです。

でも、もう一度お詫びします。

「恵理子を決して恨んでなんかいない。

むしろ終生忘れることのない、素晴らしい青春をプレゼントしてくれたことに感謝している。一時の激情に駆られたとはいえ、心にもない中傷をしてしまったことをお詫びします。本当にすまなかった」と。

私が中津の街を飛びだしたあと、さまざまな紆余曲折を経て、結局は恵理子と何度も別れを繰り返し、そのたびに荒れた暮らしに堕ちたことも、そんな私に恵理子が愛想づかしをしたことも、全ては私自身の直情的で短気な性格ゆえのことなのだ、と思っています。

既に、中津にいたころのあの沢村恵理子は、私の心の中では思い出の中の偶像になってしまったけれど、私だけの思い出の中で生涯生き続けるに違いない、そう思っています。

だから今でも、

「中津の街にいたころの、あの沢村恵理子を、昔のままに愛している」

そう、言わせてください。

私が、あえて沢村恵理子を恨むとするなら、こんなにまで私を虜《とりこ》にし、そして、三〇年経ってもなお、忘れられないほどにたくさんの思い出を残してくれたことを恨みたい。そんな思いなのです。

現在《いま》は妻と今年十八歳になる一人娘を札幌において、福島県郡山市に単身赴任していますが、定年後は生まれ育った耶馬渓や中津の街でもなく、住み慣れた横浜でもなく、新天地としての北海道に永住するつもりでいます。妻もそう望んでいますので。

仕事は東京に出てきたときに入社した、東証一部上場の老舗《しにせ》の運送会社の管理職ですが（早いもので今年で二九年目を迎えました)、現在は郡山市にある関係会社に営業部長として出向しています。

入社してから結婚するまでの最初の五年間ほどは、平凡なサラリーマンとして安穏に暮らしていましたが、労働組合運動に身を投じた時から、人生の歯車が狂ってしまいました。

もっとも、これから先もどんな展開になるのかは運否天賦《うんぷてんぷ》ですが、まだまださまざまな変化が待っているような、そんな気がしています。

さて、すっかり前置きが長くなりましたが、突然の便りの理由は三つあります。

その一つ目の理由は、昨年の八月に高校卒業三〇周年を記念しての同窓会が中津の街で開かれたことでした。

早いもので、高校を卒業してから三〇年の歳月が過ぎ、皆それぞれにおじさんとおばさんになってしまいましたが、その同窓会に出席した八〇余名の、昭和三〇年代後半の同じ時代を共有した仲間たちは、あっという間に少年少女の時代に逆戻りし、深夜まで思い出話に花を咲かせました。

私にとって、その懐かしさはそのまま、卒業してから中津の街を出るまでの二年間に向けられました。私には終生忘れることのできない二年間となってしまいましたから。

その忘れることのできない二年間のうちの、沢村恵理子とのわずか半年にも満たなかった束の間の、淡くも儚《はかな》かった恋の思い出が、今でも私の宝物なのです。

その青春時代への郷愁が、

「便りをしてみよう」

と思い立たせました。

二つ目の理由は日記帳でした。

貴女の二〇歳の誕生日に贈った日記帳は、その後どうなったでしょうか？

「いつか見せ合おうね」

そう誓いあったことも、今は遠い昔となってしまいましたが。

私はあれからも日記帳を書き続けました。

高校三年だった一八歳の夏から書き始めた日記は、結婚を決意した二五歳の年の暮れで終わりましたが、その七年間の日記帳は今でも手元に残っています。

日記を書き続けた理由は、沢村恵理子とのあまりにも短く儚かった恋への、尽きることのない想いと、そして未練からでした。

単身赴任で郡山に転勤して来てから、独り身であるがゆえの時間を持て余し、その古い日記帳をワープロで整理してみよう、と思いたちました。

結婚してからも捨てられることもなく、引っ越しをするたびにいつも段ボール箱の片隅に押し込められて、単身赴任のたびごとに私と一緒に旅をし続けた七冊の日記帳。二〇数年もの間、日の目を見ることのなかった日記帳を開き、三〇年近くも経って、私はその日記帳から、遥か遠い青春時代を思い起こした。

三〇年もの昔……。

二〇歳になったばかりの夏……。

あの青春時代の真ん中で、私は生涯忘れることのできないほどの、ほろ苦くて、哀しい恋をした。

沢村恵理子に恋をして、私は初めて女性《ひと》を愛することの悦《よろこ》びを知り、女性から愛されることの悦びと、その悦びを失うことの悲しさと辛さを知った。

私にとっては、あの恋が本当の意味での、初めての恋だったのです。

その青春時代の「初めての恋の記録」を残しておこう。そう思ったのです。

古い日記帳を読み返してみたとき、短気で我までで、そのくせ、弱気で決断力がなかった、若かったころの、あまりにも一途で未成熟だった自分を改めて知りました。

そして、そのために沢村恵理子《あなた》を苦しませ、悲しませ、失望させ、沢村恵理子の人生を変えてしまったことも思い知らされることになりました。

同時に、それはあのころ、あまりにも輝きすぎていた沢村恵理子へのジェラシーであり、

「恵理子を、自分だけのものにしておきたい！

絶対に、他の男に渡したくない！」

という我ままでもあり、

「愛するがゆえに、愛する女を不幸にはしたくない」

という弱気であったことも知りました。

今、どんなに言いわけをしても何の役にもたちませんが、沢村恵理子を愛するがゆえに、強引になりきれなかった自分を恥じるとともに、弱すぎたがゆえに決断することができないままに、沢村恵理子を失望させてしまったことをお詫《わ》びしたかったのです。

三〇年間という、あまりにも永すぎて、遠くへ過ぎ去ってしまった歳月が全てを風化させてしまったけれど、本当は貴女に会って、おじさんになってしまった自分をさらけだすのが怖いのです。

でも今はただ、もし本当に貴女にお会いできるのであれば、

「昔の馬鹿な自分と、若すぎて、あまりにもふがいなかった自分と、そして取り返しのつかない時間を無駄にさせてしまったことを詫びたい」

のです。

三〇年前の日記帳を読み返してみて、そう思ったのです。

三つ目の理由は、あの二〇歳のころの、皆が輝いていた青春時代に返ることはできないけれど、

「過ぎ去ってしまった過去への恨みつらみを抜きにして、三〇年間という一つの区切りの中で、もう一度青春時代を共有した仲間たちが集まって、昔を語り合うのもいいのではないか。あのころのグループで、もう一度集まれたらいいな」

と、そう考えたのです。

古田、佐野、松井、白岩、武田、そして沢村恵理子の女性《おんな》たち。

そして矢野、石口、今村、岩田、宮沢と私も含めての男性《おとこ》たち。

東京が華の都と呼ばれ、若者たちの憧れの街であったあの時代《ころ》。古田、松井、矢野、石口。仲間たちは一人抜け、そして二人抜け、東京や大阪を目指して故郷を捨てて旅立っていった。

私も、私を故郷で待っていてくれるはずだった沢村恵理子までも。

彼女、そして彼たちは、散々《ちりぢり》になったあれからあと、それぞれの人生をどんなふうに歩いてきたのだろうか……。

三〇年という歳月は、ふり返ってみれば早かったけれど、歩いてきた道程《みち》は私にはあまりにも永くて、遠かった。

三〇年という時間《とき》の流れの中で、彼女、そして彼たちにはどんな人生があり、どんな運命が待っていたのだろうか。そしてどんな風雪に堪えてきたのだろうか。

あの時代の、あの青春の時期《とき》を語り合い、そして、あれからそれぞれが歩いてきた、それぞれの人生を語り合えることができたら、気持ちの上だけでも、もう一度青春時代に戻れるような、そんな気がしたのです。

あのころ、女性《おんな》たちの交友録を知ることは少なかったけれど、男性《おとこ》たちは些細《ささい》なことで口論したり、殴り合いのけんかをしたりした。そのくせ気が合えば、なけなしの金をはたき、酒を酌み交わし、女や仕事を語り、そして時には人生論を語った。

ダンスホールに通っては軟派に精だす奴もいたし、勝てもしないパチンコに熱中する奴もいた。飲んだくれては喧嘩ばかりする奴もいたし、やくざ気取りで肩で風切りながら日の出町をかっぽする奴もいた。みんな貧乏だったけれど、結構、それなりに精一杯、青春を楽しんでいました。

退社後、矢野や石口、そして今村や岩田たちと日の出町でバッタリ出会うと、

「おい、一杯飲むか?」

「おう、行こう、行こう。だけど、おれ、金はいくらも持ってねぇぞ」

そんな貧乏な会話を交わしながらも、なんとかして飲みたかった。

そんな時、金を持ってる奴がいれば、その日はそいつのおごりにした。

でも、だれも金を持っていないときは、矢野が真っ先に消えて、暫く待っていると千円札を三枚握って戻ってきた。コートの下のスーツの上着だけを質入したその金で飲みにいった。

酔いが回り、興が乗ってくると、当然飲み代が足りなくなって、そんな時は、だれが順番を決めているわけでもないのに、だれかが腕時計を質に入れるために席を外した。腕時計で五〇〇〇円を借りて、それで結構楽しめた。

そんないい時代だった。

駅前の土産屋の女の子にちょっかいをだして、

「あの娘《こ》は、おれのもんだ。だれも手をだすな！」

「バカ言え、あの娘《こ》はおれが先に眼を付けたんだ。

お前こそ手をだすな！」

そんなたわいのないやりとりをしたこともあった。

殴り合いのけんかも、女の子のたわいのない取りっこも、所詮《しょせん》は青春ごっこだったけれど、あの時代のそんな恨みつらみは、もう遥か遠い昔のことであり、それぞれの、お互いの過去はもう十分すぎるほどに時空《とき》の彼方《かなた》へ行ってしまったと思うのです。

「どんなにあがいても、どんなにもがいても、もう二度と戻れることのない時代だからこそ、笑って語り合えるのではないか」

そう思ったのです。

だから、

「もう一度、皆で集まれないかな?」

そう古田さんに提案したのです。

そして、彼女の努力で、

「三〇年目の再会が実現できそうだ」

との連絡をもらって、私は私なりに、

「自分の思いを貴女にキチンと伝えたい」

そう思ったのです。それが二〇数年ぶりにこの手紙を認めた私なりの理由でした。

本当に二七年ぶりに会えることになるのか、それともこの計画が幻のままに終わってしまうことになるのか。今現在では私には想像もできませんが、私は小川恵理子となってしまった貴女に会えなかったとしても、それもまた、

「運命だろうな」

と、思うことにしています。

三〇年前、神様を信じようとしない私に、神様は沢村恵理子との出会いと別れをプレゼントしてくれた。

それでもなお、神の存在を信じようとしなかった不粋者の私に、神様は三〇年ぶりに、

「もう一度、最後のチャンスを与えてやろう」

そう言ってくれているのだ、と思うことにしています。

これがたとえラストチャンスで、やっぱり沢村恵理子に会えなかったとしても、それもまた、運命なのだと。

皆は忘れてしまった過去なのかもしれないし、記憶にすら止《とど》めていない過去なのかもしれないけれど、私はこの日記帳のある限り、遠い青春時代の夢を追いかけ続けるに違いありません。

でも、

「それでいい」

と思っています。

叶うことのなかった夢をいつまでも追いかけ続けていたいし、追いかけ続けることが沢村恵理子への、

「せめてもの償いになる」

と思っています。

恵理子の気持ちを思いやれなかった、若かったころの自分がいつまでも口惜《くちお》しい。

その口惜しさを、夢を追いかけ続けることで紛らわせていたい。

いつの日かタイムマシンができたなら、私はだれよりも真っ先に、そのタイムマシンに乗って、二〇歳の自分に返りたい。

そして、二〇歳の自分に返れたら、

「沢村恵理子に、思いっきり優しくしてやりたい！

沢村恵理子の、どんな我ままも聞いてやりたい！」

この日記帳を読み返したとき、そう思いました。

そしてまた、もし輪廻転生が本当にあるのなら、私はもう一度生まれ変わった次の世で、沢村恵理子に出会いたい。

そして、その時こそ、つまらぬ意地も見栄《みえ》も外聞も、みんなかなぐり捨てて、追いかけて追いかけて、地の涯までも追いかけ続けて、添い遂げてみたい、とも。

「夢だからこそ、その夢を追いかけ続けていたい。

それが叶うことのなかった夢への、自分に与えられた使命なのだ」

と、いう思いなのです。

思えば、出会うのがホンの少しだけ早すぎた。

「せめて、二二、三歳のころに出会っていれば、きっと一緒になれたのに……。

さもなくば、たとえ一年でも良かった。私がもう少し先に生まれていれば……」

そんな気がしますが、それもまた神様のいたずらだったのでしょうか。

女性演歌の歌詞の一節に
「どうして　私より先に生まれてきたの？」

そんな歌詞がありましたが、もし本当に、運命の神様がいるとしたら、

「お前たちは添い遂げる運命にはなかったんだよ」

そう言って嗤《わら》っているような、そんな気がします。

早すぎた出会いと、さまざまな行き違い。

それらが幾重にも折り重なって、一生悔いの残る恋にしてしまったことも、全ては運命だった。

「本当は結ばれていたはずの小指の先の赤い糸を、若すぎて、短気すぎた自分が自分で引き千切ってしまったのかもしれない……」

そんなことを思うとき、二度と返って来ることのない青春の瞬間《ひととき》を、

「なぜ、あんなに好きだった女に対して、もう少し優しくなれなかったのか。

なぜ、あんなに離したくなかったのなら、もっと強引に引っ張っていこうとしなかったのか。

なぜ、あんなに単純に考え、短絡に、性急に結論をだしてしまったのか」

なぜ？　なぜ？　なぜ？

そう思わずにはいられないのです。

いかに運命だったとはいえ、あまりにも悔いが多すぎました。

昭和三八年秋、平尾台でデートしたときも、気負う必要はなにもなかった。

「足に靴ずれができた」

という恵理子に、優しくしてやればよかった。

「駆け落ちしてでも一緒になりたい。

だから強くあって欲しい」

そう望んでいた状況の中であったとはいえ、

「恵理子には精神的に強くあって欲しい」

そう望む前に、自分が強くて優しい男であればよかった。

そんな包容力さえあれば、あの時、

「靴ずれくらいで泣いてないで、しっかり歩け！」

そう叱りとばすこともなく、

「貴方に付いていける自信がない」

そんな言葉を口に出させることもなかったし、好きな女を悲しませることもなかったにちがいない。

男としての強さと優しさと、そして大きな包容力を持っていさえすれば、あれからあとの予想外の展開もなく、恋い焦がれていた河村恵理子、となった君と一緒に、平凡に幸せに暮らせたのかもしれない。

アメリカの作家、レイモンド・チャンドラーの、

「男は強くなければ　生きていけない。

優しくなければ　生きて行く資格がない」

という、そんな言葉を恵理子と別れたあとで知りました。

そして、それからあとの私は九州男児としての男の誇りは捨てきれなかったけれど、いつしか女性《おんな》には優しい男になった。

「河村さんて、見かけは怖いけど、本当は優しいのね」

そして「怖くて、だけど優しい」と言われるようになって、私は初めて本当の男らしさとは何か、を知りました。

黒木、という名前を記憶しているでしょうか？

私の親友で、貴女も何度か東京で会ったはずですが、彼が私に言ったことがありました。

「河村、お前は（沢村恵理子に対して）愛情の表現が足りないんじゃあないのか？

もっと素直に愛情を表現すべきじゃあないのか？」と。

しかし、硬派の九州男児を気取っていたあのころの私は、女性《おんな》への優しさを口にすることを躊躇《ちゅうちょ》し続けていました。

だから、それが黒木の言うように、愛情の表現が足りない、ということになってしまったのだろうと思います。足りなかったというより、下手《へた》だったんでしょうね。

それは、男としてのカッコよさを、九州男児としての男らしさを求め続けた馬鹿な男の、女性に対する不器用さでしかなかったのです。

私は沢村恵理子に初めて出会った時、

「かわいい女だ！」

と思いました。それは私の一目惚《ぼ》れでした。

それからは、

「沢村恵理子を恋人にしたい！」

「沢村恵理子と結婚したい！」

そう思い続けていました。

あのころ、私のまわりにいた仲間たち、古田さんや、佐野さんや、矢野たちが、そんな私の気持ちを察してくれて、そして何かと気を遣い、協力してくれた。

そんなまわりの仲間たちの協力があって、そして夢が叶って、私は沢村恵理子を恋人にできた。

そのやっと恋人にできた沢村恵理子の一挙一動がかわいくてかわいくて、たまらなかった。

「世界中を探したって、こんなかわいい女は絶対にいない！」

そう信じていました。

それなのに、それを言葉にして恵理子に伝えようとはしなかった。

友達には恵理子を自慢して自慢して、有頂天になっていたくせに、九州男児に拘泥していた私は、その天にも昇るような気持ちを素直に言葉にして恵理子に伝えることをしなかった。

その上、今流に言えば、こと女に関してはどこかシャイでありすぎた私は、「好き」だの「愛してる」だのという、歯の浮きそうな言葉を口にすることができなかった。そんな私が恵理子には焦《じ》れったかったのかもしれませんね。

恵理子を恋人に持てたわずかな時間、だれもが私を羨《うらや》んでくれました。

「きれいな、格好いい女だな」

「すごいかわいい女だな」

「お前は幸せ者だな。お前、あんないい女を泣かすんじゃねぇぞ！」

「いつ、結婚するんだ？　早めに言えよ。ご祝儀の都合があるからな」

ある者は嫉《ねた》み、ある者は羨《うらや》みながらも、それぞれに祝福してくれました。

そんな時、私は恥ずかしげもなく、

「おれはあいつと一緒になれたら、あいつにはなにもさせないんだ。おれはあいつを神棚に飾っておくんだ」

そう皆に言っていました。それほど沢村恵理子に惚《ほ》れぬいていました。それほどの思い入れで沢村恵理子を愛していました。でもあのころの私は、そういう間接的な言いかたでしか愛情を表現できなかったのです。

しかし、得意の絶頂にいながら、私はいつも不安だったのです。自分が思っていたよりもはるかに素晴らしい恋人を持てた幸福感とは裏腹の不安でした。

「あんなきれいな、かわいい女がいつまでも傍にいてくれるわけがない。いつか心変わりして、他の男を好きになるんじゃないか。そして、いつか別れがやってくるんじゃないか」

いつもそういう不安と、たとえようのないほどの恐怖感に苛《さいな》まれていました。

それはあまりにも惚れすぎた沢村恵理子への、どうにもならないほどの、哀しいまでのジェラシーだったのです。それを乗り越えられなかった私が弱かったのです。

いつだったか、そんな私の右の手を自分の両の手で挟んで胸に置いて、

「お願い！

信じて……」

恵理子がそう懇願してくれたことがあった。

あのころの、あの恵理子を素直に信じ続けていればよかったのに。そう思いました。

そして憎らしいほどに、殺してしまいたいほどにかわいくて、だから手も足もだせなかった恵理子を恨んでみたりもしました。

私は恵理子を好きになりすぎたために、

「絶対に他の男には渡したくない！」

そういう思いで頭の中は一杯だったのです。その結果、

「あんなきれいな、かわいい女がいつまでも傍にいてくれるわけがない。

いつか心変わりして、他の男を好きになるんじゃないか。

そして、いつか別れがやってくるんじゃないか」

いつもそんな不安とジェラシーに苛まれていたのです。

自分に自信が持てなかったために、

「離したくない！

他の男に取られたくない！」

と思う一方で、九州男児としてそんな弱みを見せたくないと思い、そんな思いへの反動で恵理子に辛く当たることになってしまったのです。

そんな日は日記帳の中ではいつも恵理子に謝っていました。

> どうしてあんなにきついことを言ってしまったんだろう？
> あとでごめんよ、と言えない自分がもどかしい。
> 自分が悪いくせに、素直に謝れない。いつか謝らなくっちゃ。
> なぜ、もう少し優しくしてやれないのか？
> 馬鹿野郎！

そんな言葉が書き連ねてありました。

「優しくしてやらなければ……」

そう思いながらも、男の見栄《みえ》が優しくすることを躊躇《ちゅうちょ》させた。素直に謝りたくても、男の意地が素直に謝ることをたじろがせた。

九州の片田舎に生まれて、男らしさに憧れて、九州男児に拘泥していた。あのころの私は純粋で、若かった。だから同じように若かったあのころの、すねて甘える、そんな恵理子のかわいい女心を見抜けずに、単純に受けとめては怒ってばかりいたのです。

そんな若すぎたころの自分が、ただただ恥ずかしくて、そして口惜《くちお》しい。

「恵理子の母親の反対という、予期せぬ出来事の中で、辛かったのは自分よりも恵理子のほうだったはずなのに……。

それなのに、なぜ自分ばかりがいい格好をしてしまったんだろう。なぜもっと愚直になって、もっと優しくしてやれなかったんだろう……」

そして、若すぎたがゆえに、自分ばかりを主張して、恵理子の気持ちを思いやれなかった自分が恥ずかしく、口惜しい。三〇年経った今にしてなお、後悔の連続なのです。

それでも、あのころのそんな馬鹿な私でも、いつかは恵理子と一緒に暮らせる日を夢見ていたのです。そんな愚かな自分を、せめて自分だけでも信じていたかった。

貴女にとっては、私のそんな馬鹿な愚かさも、今となってはお笑い種《ぐさ》なのでしょうけれど。

そんな河村二郎を見捨てる、というわけでもなかったのでしょうが、恵理子が突然、

「東京の化粧品会社のチャームガールになる」

そう言って、私の制止を振りきって上京してしまったのは、私が下関市から広島市に移り、やっと出直すための新生活をスタートさせたばかりの、昭和三九年四月五日でした。

その同じ年の四月の末、私は広島から夜逃げして京都へ転職しましたが、その恵理子を説得するために京都から上京したのは、同じ年の初夏、七月七日のことでした。

国分寺駅前の小さな喫茶店で話し合ったあの時。

あの時には既に貴女の心の中には私はいなかったのでしょうか。

「迎えに帰るまで、中津で待っていて欲しい」

そう説得する私に、

「今さら、そんなことできっこないわよ！」

「今のあたしは貴方を愛しているとは言いきれないの」

「あたしは結婚なんかしない！

だから、貴方が結婚したいんだったら、田舎の女性《ひと》と結婚すればいいのよ！」

「東京にはこんなあたしだって、好きになってくれる男性《ひと》だっているんですからね」

そんな悲しい言葉ばかりを、まるで機関銃のように投げ付けました。

他の言葉は我慢できたけれど、惚れ抜いていた恵理子からの、

「東京にはこんなあたしだって、好きになってくれる男性だっているんですからね」

という絶対に聞きたくはなかった悲しい言葉を聞いたとき、私は堪忍袋の緒が切れてしまったのです。

「恵理子《おまえ》の幸せを願い、
故郷も、仕事も、そして友達さえも捨ててきた。それなのに……」

そんな、自分だけの思い入れがあったのです。

でも、それが自分だけの思い入れであることは承知していました。

田舎を飛びだして、それまでとは違った環境の中で、わずかながらも社会勉強を重ねてきた私には、自分だけの思い入れだけでは、もはや恵理子の心を動かす術はない、ということくらいは分かっていました。

それでもあの時、私は、

「恵理子の言葉の全てを飲み込んででも、なんとかもう一度出直そう」

そう思い、そう願っていたのです。

でも、そう思い、そう願っていた私にとって、

「東京にはこんなあたしだって、好きになってくれる男性だっているんですからね」

という、恵理子の言葉はあまりにも無情な言葉でした。

「東京には」という言葉と、

「貴方は田舎の女性《ひと》と結婚すればいいのよ！」

という言葉に私は、わずか三ヶ月あまりの間に既に東京の、都会の人間になりきってしまった恵理子の勝ち誇ったような傲《おご》りすら感じてしまったのです。

同時に、ふるさと中津を飛びだしてからわずか半年足らず。まだ憧れの華の都・東京に住んだこともなかった私には、東京の男を強調する恵理子への激しいジェラシーがあったのかもしれません。

自分のそうした諸々の感情を必死に抑えて、堪えに堪えていたものが、恵理子のあの一言で爆発してしまったのでした。

そして、恵理子の傲りと、恵理子へのジェラシーを感じ取った分だけ、私の怒りも大きかったのかもしれません。私はあの時点では、まだ九州男児としての男の誇りを捨てきれてはいなかったのです。

「じゃあ、勝手にしろ！」

自分でも思わずしらず、そう叫んでしまったのには、そんな諸々の私なりの思い込みがあったからでした。そんな諸々の思い込みがあって、私は我を忘れて伝票をつかみ、立ち上がってしまっていたのです。

喫茶店を出ようとコーヒー代を精算する間、恵理子は私の腕をつかみながら、

「ごめんなさい！

ごめんなさい！

ね、お願いだから、席に戻って！」

そう言ってくれたのに、自分を見失ってしまっていた私は、

「もう、いい！

もう話すことなんかない！

好きになってくれる男がいるんなら、その好きになってくれる男のところへ行けばいいじゃないか！」

そう言って、恵理子の手を振り払ってしまった。

そして、

「これ！」

押しつけるように渡そうとしてくれた恵理子からのプレゼントも受け取らず、そのままあとも見ずに歩き続けた。

その私の背中に向かって、

「待ってよ！」

叫びながら恵理子は追いかけてきました。

私は恵理子の足音を聞きながらも、ふり向かぬままに改札口を通過してしまった。

あの時、私に投げかけたたくさんの悲しい言葉は、意地っ張りで負けず嫌いな恵理子が東京の、都会の生活に疲れ果てていたために、

「私に甘えたかったための、私への精一杯の甘えだったのだ」

などということには考えが及ばなかったのです。

「男は優しくなければ生きていく資格がない」と、もしあの時知っていたなら、私はもう少し恵理子に優しくなれたに違いない。今はそう思うのですが。

「黙っておれに付いてこい！」

そう言って強引に引っ張っていってくれる強い男を、恵理子が望んでいることを過去の会話の中から知っていたはずだったのに、逆上してしまっていた私は、その過去の教訓を生かせなかった。

ただ単純に、自分の感情の激するままに恵理子の言葉を真正面から受け止めて、そして怒ってしまったのです。あまりにも好きになりすぎて、その好きになりすぎた女の我ままに、どう対処していいのか分からなかった。若かったのです。

一歩下がって、恵理子の気持ちを思い遣り、そして受け止めてやればよかった。

もしもあの時、立ち止まり、そして、ふり返り、追いかけてきた恵理子を優しく受けとめてあげていたら……。

私は二七年もの永い間、こんなにも切ない思いを抱えたまま、生きてこなくてもよかったのかもしれない……。

そして、もっと違った人生が待っていたのかもしれない……。

そんな思いがします。

あの時、私は激高のあまり自分を見失い、そこが中津の街だと錯覚していたのです。中津の街であれば、

「けんかをしてもすぐに仲直りができる。

黙っていても古田さんが仲を取り持ってくれる。

いつものけんかなんだ」

そういう思いが無意識のうちにも、頭の片隅にあったのだろうと思います。

しかし、現実には二人のそれぞれの住まいは、お互いの仲を取り持ってくれる友の一人としていない東京と京都だった。

そして、まだできたばかりの新幹線に乗る金もなかったころの東京と京都との、その距離が

二人を分かつ決定的な原因となってしまった。

それに加えて、それまでにも何度も短気を起こして、そのたびに苦い思いをしていながら、その失敗に懲りずに、生涯最悪の短気をあの時に起こしてしまった。

しかも、いつもは素直に謝ってくれた、中津にいたころのあの恵理子が頭にあり、目の前にいる恵理子が、もう中津にいたころのあの恵理子ではないことにすら気付いていなかった。

沢村恵理子と河村二郎《あなたわたし》にとって、それが運命的な必然だった、とは思いたくもないけれど、自分の若気が三〇年の時を経た今でもなお口惜しくて堪らない……。

人間の生きざまは人それぞれであり、人それぞれに与えられた運命に従って生きていかざるを得ないことは百も承知している。

それにしても、神様にしか操る術のない運命ではあっても、できることなら沢村恵理子と私に与えた運命に、あんなにもたくさんのいたずらなんかしないで、そして、最後でよかった、沢村恵理子と添い遂げさせて欲しかった。それが偽らざる私の心情です。

それだけに恵理子の結婚を古田さんからの手紙で知ったときは、

「気が変になるんじゃないか……」

そんな思いがしました。

それからあとは以前にも増して酒色におぼれ、荒んだ暮らしを送りました。私はあの日を境に奈落の底に落ち、絶望の淵《ふち》に沈んでしまいました。

恵理子が結婚したことなどは本当は知りたくなんかなかった。知らないままでいれば、一縷《いちる》の望みにすがっていられる。

しかし、知ってしまえば恵理子を取り返す術もないままに、あかの他人になってしまう。それが怖かったのです。

あのころ、一時は立直る努力を放棄して、

「堕ちるところまで堕ちればいいんだ……」

そんなふうに自暴自棄になったときもありました。

それでも、恵理子が結婚したことを恨みはしませんでした。ふがいない自分を恨みはしましたが。

「幸せにさえなってくれればいい」

そう思い、そう願い、そう祈り続けてきました。

もともと恵理子が私の傍にいてくれたときですら、

「これは夢か、幻かもしれない」

そう思うほどに幸せをかみしめるような日々だったのです。

それだけに、あんなにかわいくて、あんなに素敵だった恵理子が、本当に自分の妻になってくれる日がやってくる、ということには半信半疑だったのです。

そして、それが現実になって、恵理子は嫁いでいってしまった。

「恵理子を恨むことはできない。

それが二人に科せられた運命だったんだ」

と思いました。

でも、私は現実の沢村恵理子とは添い遂げることはできなかったけれど、古びた日記帳の中に、三〇年前の、二〇歳のままの、あのかわいかった恵理子をたくさんの思い出と共に永遠の恋人として、大切に閉じ込めてあります。

そしてもう二度と返ってくることのない青春の瞬間《ひととき》を、生涯忘れることのない思い出で一杯にしてくれた沢村恵理子に感謝しています。

今はもう、私の知ることのない男性《ひと》と結婚してしまった小川恵理子にではなく、沢村恵理子にお礼を言わなければならないと同時に、

「お詫びをしなければならない」

と思っています。

三〇年の歳月が過ぎた今だからこそ、素直に恵理子に、

「素晴らしい青春を有難う。

そして、ごめんよ」

と言いたいのです。


思えば、あれほどまでに惚れ抜いていた沢村恵理子と別れなければならないきっかけになったのは、昭和三八年一二月一四日のデートのときのことでした。

それまでにも小さな諍《いさか》いを重ねていたせいもあったのでしょうか、恵理子は突然、

「友達として、一から出直したい」

と言いだしました。私はそれを、

「恋人としての関係を解消したい」

との申し出と受け取りました。

平尾台で初めてのけんかをして、それからも仲直りを重ねながらも、小さな口げんかを何度か繰り返してきたとはいえ、私にはそれらの幾つかの小さな諍いが恋人としての関係を解消して、一から出直さなければならないほどの原因だとは、到底思えませんでした。

私にはあの時、沢村恵理子がなぜ唐突に、

「一から出直したい」

と言いだしたのか、未だに謎《なぞ》なのです。

もし、貴女が覚えているのだとしたら、私にとって正に青天の霹靂《へきれき》だったあの時の、「友達として、一から出直したい」と言った言葉の裏に一体どういう思いが隠されていたのか、本当の意味を教えて欲しいと思っています。

あの時、突然の唐突な申し出に狼狽《うろた》えてしまった私は、

「友達として出直すのではなく、恋人として出直そう」

そう主張したのですが、なぜか恵理子は、

「どうしても、友達として出直したい」

と譲らず、押し問答の末にとうとう、

「今までの全てを終わらせて、そして友達として初めから出直したら、九七%、貴方のお嫁さんになれたのに……」

「いろいろお世話になりました。

あたし、貴方のことを一生忘れません。

そして寛大になってくれなかったことを、いつまでも恨みます」

「あたし、あたしの一番嫌いな人と結婚してやるから……。

そして、うんと不幸になってやるから！……」

そんな悲しい言葉と共に、そう最後通牒を突き付けられてしまったのでした。

腹の底からふつふつと、熱い、悲しい思いが突き上げてきました。

「たとえそれが好きな女からの別れの言葉であったとしても、こんなに悲しい言葉が他にあるんだろうか」

と思いました。

「別れたくない！　恵理子を離したくない！」

という思いに悩まされ、苦しめられました。

恵理子からのあまりに唐突な別離宣言に、

「なにを馬鹿なことを言ってるんだ！」

そう叱り、諭す心のゆとりさえなくしてしまっていたのです。

あのあと、一度は仲直りをしたものの、あの時、恵理子が投げ付けたたくさんの悲しい言葉が、それからあとも私を悩ませ続けました。

でも、それは恵理子への恨みつらみではなく、恵理子をそう言わせるまでに追い詰めてしまった自分への自責の念でもありました。

恵理子に別離を宣告されたその翌日の日曜日、自分以外の男と一緒になってしまうかもしれない恵理子を見ることが耐えられなくて、

「他人《ひと》の妻になる恵理子を、
見知らぬ男に抱かれる恵理子を、
指を食わえて見てることなんかできない。

それなら、いっそ死んだほうがましだ」

「この街を捨てよう。そうすれば、人妻としての恵理子を見ることもない」

「お袋さんが反対している以上、このままじゃあ恵理子を幸せにはしてやれない。恵理子の幸せのためには、おれなんかいないほうがいいんだ。

おれさえいなければ……」

「恵理子を忘れよう。

恵理子のいない街で一人でやり直そう。

それにはこの街を捨てるしかない」

いろいろな思いが交錯しながらも、そう決心したのです。

ところが、思いもかけない展開が待っていました。

苦しみ、悩みに悩み抜いて、恵理子の幸せのために、身を捨てようと決め、退職を決意し、故郷を捨てる覚悟をしたその翌日の月曜日の朝のことでした。

前々日の悲しいけんか別れの（はずだった）あとにもかかわらず、電話機の向こう側から何事もなかったかのように、恵理子の明るく弾んだ声が聞こえてきました。

「おっ早よう！」

その電話が結果的に私の人生を変えてしまう電話になる、などとは露ほどにも思いませんでした。

恵理子に別れを宣告され、生きる希望を失って、

「恵理子を忘れるために、恵理子のいない街で出直そう」

そう思って、会社を辞めて、生まれ育った故郷を捨てる決心をしたのに、そんな私の悲壮なまでの決意をよそに、あまりにも明るすぎた恵理子の声は、私には別れを宣告していながら、それを喜んでいる、としか受け止められなかったのです。

「おれと別れることになって、恵理子はおれという重荷がなくなった分だけ、ホッとしたのかもしれない。その分だけ明るくなったのか……」

そんな小さなひがみと共に、

「おれの辛い気持ちも知らないで……。

そんなに別れることが嬉しいのか！」

そんな思いが交錯して……。

そして、そう思ったとき、押さえていた怒りに火が付いてしまったのでした。

その高ぶった感情が、

「すごく元気がいいんだね！

えらく変わったね！」

という言葉になり、

「だって、昨日とっても嬉しいことがあったんだもん！」

という恵理子の言葉を逆の意味に解釈してしまったのです。

私との別れ話をしたあとの、「とっても嬉しいこと」というのは、落ち込んでいた恵理子の心を慰めてくれるような、そんな優しい男でも現れたのか、そんな浅はかなジェラシーが私の脳裏をよぎってしまったのです。

そしてそんな浅はかなジェラシーに基づく、その取り返しのつかない誤解が、怒りとなって爆発してしまったのでした。

恵理子からの電話を冷静に受け止めていれば、もっと違った対応をしただろうと思うのですが、前々日の、

「いろいろお世話になりました。

あたし、貴方のことを一生忘れません。

そして、寛大になってくれなかったことを、いつまでも恨みます」

「あたし、あたしの一番嫌いな人と結婚してやるから……。

そして、うんと不幸になってやるから……」

そう言った恵理子の、胸を引き裂くような悲しい言葉は、片時も私の脳裏から離れることはなかったのです。もちろん、あの日の朝もそうでした。

「愛する女を不幸にはさせられない」

そう思って決心したのに、

「この明るさは何なんだ！」

そう思ってしまったのです。

そして、恵理子の言った、とっても嬉しいことの意味を聞くこともなく、その電話の直後に、そのまま退職願いを出してしまったのです。

文字どおりの短気は損気でした。自分の感情が先走り、冷静に恵理子の気持ちを思いやることをしないで、

「好きな女のために生まれ故郷を捨てて、
帰るあても、落ち着くあてもない旅に出るんだ」

そんな悲劇の主人公を演じたくて、それがどんな結果を招くのかを考える冷静さを失ってしまっていたのです。

私はあの時、自分がどれほど恵理子を愛し、自分にとって恵理子がどれほど大切なものなのかが、分かっていなかったのです。

それに加えて、無邪気で、自由奔放で、我まま放題の、まるでいたずら盛りの子供のようだった恵理子を、そして自分の心の中とは正反対のことを言っては、いつも私を惑わせ続けた恵理子の、口とは裏腹の乙女心を理解してやれるほど、私自身が大人になりきれていなかったのです。

若すぎたあのころの私には、恵理子を一途に愛することしか考えが及ばなかった。だから、

「おれさえいなければ、おれのことでお袋さんに責められることもないし、苦しむことも、悲しむこともない。

恵理子の幸せのためには、おれはいないほうがいいんだ。

おれがいなくても、恵理子はきっと幸せになれる……」

そんなふうに、私は悪いほうへ、悪いほうへ、マイナス思考しかできなくなってしまっていたのです。

「自分が幸せにしてやればいい。二人で幸せをつかめばいい」

そんなプラス思考ができずに、恵理子の逆説的な愛の表現を真正面から受けとめて、そして、自ら墓穴を掘るような、短絡的な結論をだしてしまったのです。

あの時のたくさんの悲しい言葉は、

「恵理子の、いつものすねて甘えるときの癖なんだ」

そう受け止めるゆとりさえも失くしてしまっていたのです。

退職願いを出したあとで、

「なぜ？　どうして？」

そう心配してくれる友人たちに、

「恵理子の幸せのために、おれは故郷を捨てて、旅に出るんだ！」

そんなふうに自虐的に自分自身をさげすんで、自分勝手なセンチメンタリズムに浸りながら、悲劇の主人公を演じて、自己満足に陥っていたのです。

「今年限りで退職させていただきます」

そう所長に告げて退職届けを出したのが月曜日。

それからあとは悶々《もんもん》として日々を過ごし、眠れぬ夜を重ねました。

そんな辛い週も終わりに近付いた、金曜日の夕方のことでした。

恵理子は、

「帰りたくないからブラブラしてるの……」

そんな電話をよこしました。

私の、それでなくても切ない想いへ、それは火に油を注ぐような悲しい電話でした。その悲しい言葉を聞いたとき、真っ赤に燃える炭火を胸のなかにポイ、と放りこまれたように、自分の胸が火を点《つ》けたようにジーン！と熱くなっていくのが分かりました。悲しすぎる電話でした。

大声でだれにともなく、理由《わけ》もなく
「バカ野郎！　バカ野郎！」

そう叫びたくなるほど、あの時は悲しかった。

声をあげて泣いたわけではなかったけれど、胸が押しつぶされるように苦しくて、ただボロボロとこぼれ落ちてくる涙をぬぐうことすらできなかった。

忘れられるはずもない恵理子からの悲しい電話に、未練心を誘われるように会ったあの時。

あの時ほど恵理子を、

「愛《いと》しい！」

と思ったことはありませんでした。

「本当はいつまでも恵理子と一緒にいたい！

本当はこの街を捨てたくなんかない！」

そう思いました。そして、恵理子さえ、

「うん」

ている。

と言ってくれれば、

「このまま、駈け落ちしてしまおうか……」

そんなことを思ったりもしました。

でも、自分たちの交際に反対する恵理子の母親に逆らって駈け落ちすれば、貧乏が眼に見えている。

終戦後に親から独立した私の親父は決して豊かではなかっただけに、餓鬼《がき》のころからそんな親を見て育った私自身は貧乏暮らしには慣れているし、その辛さも惨めさも、嫌というほど知ってもいる。

それだけに、自分の命よりも大切にしていたかった恵理子の、泥まみれになっていく姿を見るのが怖くて、その言葉を口に出す勇気を持てなかった。愛する女への、それは「悲しいほどに優しすぎたための弱気」だったのです。

私にも優しさはあったけれど、その優しさを口にも、態度にもだせなかった。

そんな口にも態度にもだせない優しさなんて、あのころの恵理子からみれば、ないのと同じだったんでしょうね。

「座ぶとん作ったから、あした持ってきてあげる」

それはいつだったか　私が恵理子に頼んであったものでした。

あのころは好きな女の子に会社で使う座ぶとんを作ってもらうのがはやっていたのです。でもドレスメーカーに通っていながら、なぜか恵理子は、

「あたし、苦手なんだ」

そんなことを言っては、なかなか座ぶとんを作ってくれようとはしなかった。

その座ぶとんを作ってくれたのだという。

嬉しくもあり、悲しくもあり、そして虚しくもあった。作ってくれたことは嬉しかったけれど、会社を辞めると決めた今、その座ぶとんを使うあてすらもなくなってしまっていたからでした。

あの時の恵理子は　いつもの明るい恵理子ではなく、寂しそうな恵理子でした。そんな寂しそうな恵理子を見たとき、

「失ってはならないものを失おうとしている……。

退職願いを撤回して、引き返せるものなら引き返したい……」

そんな激しい悔恨の念が込み上げてきました。

でも、自分で自分を悲劇のヒーローに仕立てあげてしまっていたために、メンツを重んじる九州男児としては引くに引けなくなっていました。

それからは激しい葛藤に悩み、眠れぬ夜が続きました。

「九州男児」に拘泥したばっかりに、意地をはり、その意地のために失くしてはならない大切なものを失くしてしまった。

今ふり返ってみれば、何とも言えぬほどのつまらぬ意地でした。

あの時、男の意地さえ捨てる勇気を持っていたら、私の人生の歯車は別の方向に回転したに違いないのですが……。

結果的には、あの悲しい電話がきっかけで仲直りはしたけれど、私はつまらぬ自作自演の一人芝居のために、そして、九州男児としての男のメンツを保つために、退職願いを撤回することもできぬままに、生まれ育った故郷をあとにせざるを得なくなったのでした。

それは、九州男児として男のメンツと、意地と見栄《みえ》に拘泥しすぎた、私自身の責任であり、恵理子のせいでは決してなかった。私に退職願いを撤回する勇気がなかっただけなのです。

親友であった黒木も辞表の撤回を勧めてくれたのですが、私にはその忠告を受け入れる勇気がなかった。

そして翌日の土曜日の朝、かわいい座ぶとんとコリントのライターと、悲しい手紙を受け取りました。

既にセピア色になってしまったその小さな紙切れは、昭和三八年一二月二一日のページに挟んでありました。

白きエプロン
　我が姿
ふと目覚めて
　ほほ染むと
今は白き涙で
　ほほ濡らす

一五日のお電話の返事、貴方から直接もらえず、古田さんから貴方の気持ちを聞きました。

あの時、貴方は「えらく変わったね」と、少々軽べつを含めた様子でおっしゃいました。軽べつされても仕方のないことですが、それには、前日私を変えさせる動機があったのです。

でも、もういいのです。貴方は何もかも終わったと考えたのですね。

そして、私は人形のような生活が始まるのです。私には人形のような資格しかなかったのだと諦めるより仕方のないことなのですね。

昨日はお電話ごめんなさい。何だかたまらなくさびしくって一人でいると消えてしまいたくなり、貴方に甘えたくって受話器を取ってしまいました。

いつの日かイブを
二人で過ごそうと
楽しき夢も
　今ははかなく
風邪などひきま
せんように……。
　　恵理子

貴方の迷惑も考えずに……。

　貴方に甘えることなどできないことなのですね。甘えたいなどと考えた自分が恥ずかしく、また、手のとどかないところに行ってしまった貴方が憎い。

　自業自得と笑わないでください。私の一つのお願いを聞いてください。それは「自分さえいなかったら」と、そんな悲しいことを夢にも思わないでください。

　人形のような生活が始まろうとしている私にも、愛しい人が近くにいるんだと、心の支えにさせてほしいのです。

　私のわがままかもしれませんが、もうこれ以外のわがままは言いません。それは片思いのようなものかもしれません。でも、夢だけでも見ていたいのです。少しでも長く夢を見させてください。

　いつか、いつか、いつか、という希望の夢を
こんなことを言う私をますます軽べつ～

それは多分、私が恵理子の二〇歳の誕生日に贈った日記帳の一ページを破《さ》いて書いたものだろうと思いますが、書きかけたままの手紙でした。

その手紙を読んだとき、こんな悲しい手紙を書いた恵理子への愛《いと》おしさが、狂おしいほどにつのりました。

それは言葉にならないほどの切なさでした。

ただボロボロと涙だけがこぼれて落ちて……。

痛いほどに胸が熱かった……。

同時に激しい後悔の念に襲われました。

見栄《みえ》も外聞も何もかも捨てて、退職を思い止《とど》まりたい、と思いました。

そうしたかった……。

そうしたかったのに、若かったがゆえのその若さが、そして九州男児としての馬鹿な誇りが、一度言いだしたことを撤回する勇気を奪ってしまったのです。

黒木も、

「河村、お前が本当に沢村恵理子を愛しているんなら、
絶対に退職願いを撤回すべきだ！」

そう言ってくれたのに、それに従う勇気を持てなかった。

それにしても、あの朝、あの弾んだ声の原因が、初秋の日の一日、日の出町の天ぷら屋「月天」で会食をした恵理子の義兄が、

「母親が反対しても、全面的に協力するよ」

と言ってくれたからだと、あの時一言教えてくれていたら、退職願いを出すこともなかったのかもしれないのにと、ほぞをかむ思いでした。

それからもなお、酒なくしては眠れぬ夜が続きました。

私の心の底には常に、

「自分たちの交際には恵理子の母親が反対なんだ」

という意識があり、

「父親のいない恵理子の、母親への思いを無視してまで無理をしてはいけない」

そんな潜在意識がありました。

それは決して円満ではなかった自分の家庭をふり返ってみたとき、

「自分だけは幸せな家庭を作るんだ」

という家庭というものへの、自分なりの思い入れがあったからでした。

私の親父は戦争に行ってから覚えた酒におぼれる毎日で、酒を飲んだときの親父は気に入らなければ料理の並んだ卓袱台《ちゃぶだい》を引っ繰り返し、手当たり次第に物を投げつけた。

そのために、ふすまはつぎはぎだらけだったし、障子の桟はなくなっていたし、茶わんは四六時中割れた。

父母のけんかは絶えなかった。

子供心にも両親の諍《いさか》いは辛かった。

酒気を帯びた親父の怒鳴り声、言い返す母親の金切り声。親父の投げた茶わんや皿の割れる音……。

そんなとき、私はいつも物置を改造した畳一枚分の自分の勉強部屋に閉じこもっては両の手で耳をふさぎ、本を読みふけった。

「少しでも早く家を出たい。

そして、おれはきっと幸せな家庭を作るんだ！

おれは結婚したら、絶対に妻や子を大事にするんだ！」

幸せの構図とはほど遠かった自分の両親の諍いに出合うたびに、そんな言葉をまるで念仏のように唱え続けたものでした。

だから、一方では、

「駈け落ちしてでも……」

と思いながらも、もう一方では、何としてでも恵理子の母親の祝福の言葉が欲しかったのです。

そして、その思いは、

「愛する女に花嫁衣装を着せてやりたい」

という、もう一つの潜在意識と共に、いつも私の決断を鈍らせる一因ともなったのでした。

私がそれほどまでに恵理子の母親への気遣いをしなければならなかったのには、それなりの理由がありました。

それもやはり、恵理子からの手紙が原因でした。

沢村恵理子を恋人にすることができて、得意の絶頂にあったころの、それは九月四日のことでした。

暫く顔を見せなかった恵理子のことが気がかりで、いつものように中津駅前を通って郵便局に向かった私は、四日ぶりに恵理子を見付けて、少しばかり立ち話をした。

その別れ際に、さり気なく渡された恵理子からの手紙には、この世の中の幸せを独り占めにしていたように、どっぷりと幸福感に浸っていた私に大きな衝撃を与えました。

恵理子は三一日の夜、家族の者から「結婚の前提もなしに、ただのボーイフレンドなどという軽はずみな交際は許さない」とひどく叱られました。私は何と言ってよいか分からず、ただ涙を流すだけでした。

恵理子の気持ちが、そのようなことを言われたからといって、貴方から離れていけるのなら、こんなに苦しみはしないでしょう。

そうかと言って、家族や知人の眼を逃れてこそこそ交際するなど、そんな不潔なこと、恵理子は絶対に嫌!

私と貴方とのことを理解してくれず、大人たちはだんだん嘘つきな、隠しごとを平気でするような娘に、私をしてしまいそうです。

家族の者たちが、その先頭にたっているなんて、なんと悲しいことでしょう。私を子供扱いにし、自由まで母は取り上げてしまいます。

でも、たった一人の母を恨むことはできません。

家族や知人が何と言おうとも、貴方は私を結婚の対象として考えなくてもよいのです。ただのお友達として割りきってよいのです。

私がお願いしたいのは、いったい私はどうすればよいのか、貴方の知恵を貸して欲しいのです。人に迷惑を掛けまいと、一日中考えましたが、考えれば考えるほどどうしてよいか分からず、苦しくって病気になってしまいそうです。

でも、私は負けません。良い知恵がありましたら、哀れな私に分けてください。それまで、おとなしく待っています。

恵理子

追伸
宇島に来ては駄目！　他人は下劣な想像をし、私が耳をふさぎたくなるようなことを言います。そんなショックで学校を休んだ恵理子をどうか笑わないで……。

私は友人たちからは多くの相談を受けていたし、他人の恋を取り持ったこともある。他人の何倍もの本を読み、同年代の中では他のだれよりも人生に対する自分なりの考え方をしっかりと持っていたつもりだった。

だから自分の生き方についてはそれなりの自信を持っていたのに、いざ現実に問題に直面してみると、自分自身のことに関してはどうしていいのか分からなかった。

他人からの相談事には自信満々でアドバイスをしてきたのに、こと自分のトラブルに関しては狼狽《うろた》えてしまった。

それでも、元々は陽性の恵理子は一時は落ち込みはしたけれど、すぐに立直り、いつものように明るく振る舞うようになった。

明るく振る舞うようになったけれど、恵理子の心の中には、母親の反対という事実だけは残っていたのだろうと思います。

私の脳裏にもいつもそのことがあったのです。

自分の家庭の不和に対しては、

「おれは絶対に幸せな家庭を作るんだ！」

という悲壮なまでの義務観念に捉《とら》われていて、その一方では、どうしても一緒になりたいと望む恵理子とは、

「このままでは幸せになれないかもしれない」

という不安があった。

自分の家庭をふり返ったとき、恵理子の母親の反対を押しきってでもとか、駆け落ちをしてでもとかの考えには躊躇せざるを得なかった。

両方の狭間で、私は私なりに悩み続けていたのです。

だから、

「友達として、一から出直したい」

との恵理子の言葉の真意はともかくとして、翌々日のあの電話の時、もし恵理子が、

「義兄が全面的に協力してくれると言ってくれた」

と、教えてくれていたとしたら、退職願いを出すこともなく、私の決断は別のものになっていたはずだったのです。

しかし、それも結局は、そういう巡り合わせでしかなかった、ということなのだろうと思います。恵理子もいたずらが好きだったけれど、私たち二人の運命を操った、運命という名の神様はもっといたずら好きだったんでしょうね。

今はあの時、何もかも振り切って、中津に残ることを決断してしまえばよかった、と思います。

退職願いを撤回して、

「友達として、一から出直したい」

という恵理子の言葉を受け入れて、友達としてでもいい、一から出直せばよかった。その上で、強引に恵理子を引っ張っていけばよかったのだ、と。

「父親のいない恵理子の、母親への思いを無視してまで、無理をしてはいけない」

「花嫁衣装を着せてやりたい」

「苦労はさせられない。貧乏はさせたくない」

そんな口にだしては言えない、自分の心の中だけでの優しさが、全て裏目にでてしまった……。

九州男児の誇りにこだわったばかりに、愚直になりきれずに、二度と手にすることのできない掌中の玉を失った。それが恨めしい思いなのです。


三百間の浜辺でデートしたときも、愚直になって、一人の男として、恵理子を求めればよかったのかもしれなかった。

白砂青松の、その白砂に海を見ながら並んで座り、語り合ったあの時、恵理子は、一緒に暮らすには、

「経済力が必要よ」

「お金だって大事よ」

そう言いました。あのころの私は、

「愛さえあれば、どんな苦労にも耐えられる。

どんな苦労にも耐えていくのが、本当の愛だ」

と信じていました。当然、お互いの主張は食い違い、いつの間にか、

「愛だけでは暮らせない」

と言う恵理子と口論になりました。

「そんなに経済力が必要なら、ブルジョアの息子の嫁にでもいってしまえ！」

悔し紛れに恵理子に怒鳴ったあの時、砂浜に座って膝小僧を抱えてうつむいたまま、大きな瞳に涙を一杯にためて、哀しそうに、

「怒りんぼね……」

そうポツリとつぶやいた、あの時の恵理子が私にはかけがえもないほどに、とてつもなくかわいかった……。

その、とてつもなくかわいかった恵理子に、

「一緒になれたら神棚に飾っておきたい」

とさえ思い込んでいた恵理子に、苦労も、貧乏もさせる勇気はとてもなかったのです。

「おれに付いてくるか？」

と聞いたとき、

「どうして、連れていくから付いて来い！と言ってくれないの？」

そんなかわいい言葉で私の心をくすぐり続けた恵理子を、強引に引っ張っては行けなかった。好きだったから、心の底から愛していたから、苦労させるのが怖かった。

あの日の帰り道、真っ赤に沈む夕陽に向かって、繋《つな》いだ手を振りかざしながら、

「おててつないで　野道を行けば
みんなかわいい　小鳥になって……」

そんな童謡を口ずさむ、無邪気でかわいい恵理子を、駆け落ちなどに誘い込みたくはなかった。そしてまた、

「あたしたち、結婚するまではきれいな関係でいましょうね」

そう言った、その恵理子の言葉を信じていたかった。

あの日、砂浜を横切る小川を渡るのに、恵理子を背負って渡ろうとしたとき、初めて触れた恵理子の太ももの素肌の感触に、初めて女を感じて、思わずドキリ！とした。新鮮！だった。初めて恵理子が「女」であることを意識して、わけも分からず胸が震えて、心ときめいて……。

あの時の、胸はずませた、あの一瞬の心のときめきを、私はいつまでも大切にしておきたかった。我ままではあったけれど、自分勝手ではあったけれど、すねて甘えてばかりいた、そんな恵理子が私にはたまらなくかわいかった。

今の私にはあのころの、怖さも弱さもないけれど、若さだけが財産だったあのころは、そのたまらなくかわいかった恵理子を、不幸にしてでも、貧乏させてでも、強引に引っ張っていく勇気を持てなかった。

この世の中に沢村恵理子は二人とはいないから……。

だから、大切にしておきたかった。

だから、二人で重ねる苦労より、自分一人の苦労を選んだ。

そう思う心の優しさを恵理子に伝えることもないままに、結局は結ばれていたはずの小指の先の赤い糸を、短気な自分が自分で引き千切ってしまった。それでも、一度は千切れた赤い糸を恵理子が結び直してくれて、中津の街を出るとき、

「迎えに帰ってくれるまで待ってます」

と言ってくれた。その恵理子の言葉を信じていたかった。

「必ず、迎えに帰ってくる。

それまで恵理子はきっと待っていてくれる」

そう信じていたかった。

わずか二ヶ月足らずで自分が挫折《ざせつ》して、挫折した自分に恵理子が愛想づかしをして、それが引き金になり、恵理子自身が東京に行ってしまうなどとは夢にも思っていなかった。それが大きな誤算でした。

恵理子を恨むとしたら、

「駈け落ちしてでも一緒に暮らそう」

と言ったとき、

「そんな夢のないことを言わないで……。

あたしだって女よ。一生に一度の花嫁衣装は着てみたいのよ。

貴方はあたしの花嫁姿を見たくないの？」

そう言われたときでした。

「花嫁衣装ならあとにだって着れるじゃないか」

そんな私の言葉にもうなずいてくれなかった恵理子と、一二月一六日の朝の電話のとき、一言でよかった、

「母親が反対しても義兄が協力してくれる、と言ってくれたから！」

そう言ってくれなかった、あの時の恵理子くらいでしょうか。

中津を出てから後の私の心の中には、

「あたしだって女よ。一生に一度の花嫁衣装が着てみたいの」

そう言った恵理子の、その言葉が大きな重さで残っていました。このままでは、

「恵理子に花嫁衣装を着せてやれない。

愛する女の夢を叶えてやれない」

そんな苦悩がありました。愛する女の、その夢を叶えてやれない辛さが、精神的な重圧とな

って私を苦しませた。それでも、その夢を叶えてやりたくて、一度は捨てようとした中津の街に、恵理子を迎えに帰るために頑張ろう、と決心した。

でも、そんな私の決意をよそに、

「迎えに帰ってくれるまで待っています」

と誓ってくれた恵理子が、さよならも言わないままに東京に行ってしまうとは予想だにしませんでした。あの時、

「なぜ沢村恵理子は東京行きを決心したのか?」

それが今でも私の心の中に残っている最大の疑問なのです。私への恵理子の愛を奪ったもの。そして恵理子の気持ちを一八〇度転換させてしまったもの。それは一体何だったのでしょうか?

いつの日か、話せるときがきたら教えて欲しいと思っています。

「パリは、失った恋を捨てる街よ。

そして、捨てた恋をだれかに拾われる街なの」

いつだったか、そんなせりふをテレビのトレンディドラマで聞いたことがありました。

三〇年もの昔。

新幹線もなく、飛行機は金持ちたちのステイタスシンボルのような乗り物でしかなかったあ

のころ。貧乏だった私は寝台列車にすら乗れずに、東京駅まで普通の夜行列車で二〇余時間もかけて上京したあのころ。

あの時代の若者たちにとって、憧れの華の都だった東京の街が、二〇歳の沢村恵理子にとっての、

「河村二郎との恋を捨て、新しい恋を拾うための街」

だったのでしょうか?

もっとも、恵理子が強引に東京に行ってしまった理由は、日記帳を読み返してみたとき、おぼろげながらも分かったような気がしました。

それは、多分これから書くことと大差ないのではないでしょうか?

恵理子が上京するとき、私は会いたさもあり、そして一言でいい、

「頑張れよ!」

心とは裏腹でも、一言そう言って送ってやりたくて、深夜の二時、広島駅に見送りに行きました。

でも、恵理子は夜行列車の窓から顔を出してはくれなかった。

必死になって、停車時間が三分しかなかった駅のホームを汗みどろになって探し回ったあとで、とうとう顔を見れないまま、一人、広島駅からの真っ暗な四キロの夜道をタクシー代もな

いままにトボトボと歩いて帰ったときの、惨めな自分の姿を思い出します。

あの時、本当は、広島駅でボストンバック片手に、

「来ちゃった！」

そう言いながら、ペロリと舌を出し、いつもの明るい笑顔で下車して、飛びついて、抱きついてきてくれる、映画の中のワンシーンのような、そんな恵理子を心の片隅では望んでいたのです。

「広島駅《こ》で《こ》下車してくれ！

そして、この街でおれと一緒に暮らすと言ってくれ！」

そう心の中で祈るように叫んでいた自分を思いだします。

しかし、恵理子は遂に列車の窓からすらも顔を見せてはくれなかった。

今思えば、覚悟はしていたとは言え、あの時が地獄のような苦しみの始まりだった。

ただ、日記帳を読み返しながら、恵理子が東京行きを決心し、広島の駅でとうとう顔を見せてくれなかったあの時、既に恵理子の心は私から離れてしまっていたのではないでしょうか。

だから顔を見せてくれなかったのではないかと。

そして、それを改めて確認できたのは昨年の一〇月のことでした。

私の高校時代の親友で、今では高校の先生をしながらも画家を目指している黒木が新宿で個

展を開き、私はその個展を鑑賞するために上京しました。黒木との再会は二〇数年ぶりでした。

その日、彼のホテルで夜を徹して昔話に花を咲かせたとき、黒木は二九年前のあの日、広島駅でなぜ恵理子が夜行列車の窓から顔を出さなかったのか、その理由を教えてくれました。

初めて故郷を後にして旅立つ不安に怯えていたとき、列車の中で「同郷だ」という優しい青年に声を掛けられ、話し込んでしまい、気が付いたときには夜行列車は広島駅を発車してしまっていたのだ、と。

黒木は私と貴女とのことを心配してくれ、東京で何度か貴女と会い、私の気持ちを伝えてくれたはずですが、その時に、そんな話をしたことがある、と言っていました。

その思いもかけなかった理由を聞いたとき、三〇年近い歳月が過ぎているにもかかわらず、なぜか苦い思いが私の胸をよぎりました。私には哀しくて、ほろ苦い思いのする事実でした。

「聞かなければよかった……」

そんな思いがしました。ただ、せめてもの救いは、何事にも夢中になりすぎる恵理子のことだから、ありそうなことだと思えたこと。そして明るい屈託のない恵理子の性格からすれば、言わば巣立ちの不安を少しでも忘れさせてくれるものに熱中していたかった、という思いがあったのだろう、と思えたことでした。

テレビが普及し、携帯電話が当たり前の現代では考えられないホームシック。飛行機や新幹線が発達し、乗用車が金持ちのステイタスシンボルではなくなった現代とは、比較しようにも比較できないほど故郷を捨てる不安と恐怖感は大きかった。

そんな時代の話ですから、目の前に不安を忘れさせてくれるものがあれば、誰だって縋りたくなるのは当たり前だったのだろうとも。

自分自身がホームシックに勝てなかったことからして、恵理子を責めることはできないと。ただ、それが直接の、本当の理由であったのかどうかは、今となっては三〇年前の沢村恵理子と神のみぞ知る、というところでしょうか。


日記帳を読み返してみて、恵理子が東京行きを決心したさまざまな理由のうち、その原因の一つは、私が中津を発《た》ってからわずか一ヶ月半後に、望郷の念にかられてホームシックに陥り、恵理子の顔を見たさに中津の街に舞い戻ったことだった、と気が付きました。

皆は喜んでくれたけれど、恵理子だけは違った。あの時の恵理子の他人行儀さに、つい恨みごとを言ってしまった私は、逆に恵理子から、

「貴方は中津を発つ時なんて言って出て行ったの？

折角、貴方のいない生活に慣れた私の心を、また乱すなんて……」

「優しくしてくれる男性《ひと》はいくらでもいるのよ。あたし、本気よ」

そう言われてしまったのでした。

「帰るべきではなかったのだ」

そうと分かっていながら、望郷の念にかられて好きな女の顔見たさに、自分に負けてしまった弱さを後悔しました。

そして、

「優しくしてくれる男性はいくらでもいるのよ。あたし、本気よ」

そう言った恵理子のあの言葉は、脆弱《ぜいじゃく》すぎた河村二郎に失望した恵理子からの訣別《けつべつ》のメッセージであったことを知ったのも、三〇年近くもの歳月が過ぎたあとの、この日記帳を読み返したときのことでした。

ただ、あの時はそんなことには気付きませんでした。

恵理子のその言葉を聞いて、一人電車に飛び乗り、新天地になるはずだった広島へ向かったとき、私は雨に煙る車窓を見つめ、自分に負けた悔しさをかみしめながらも、あの言葉が恵理子からの訣別の意味でのメッセージであったことにも気付かずに、負け犬のような惨めな思いに打ちのめされながらも、

「恵理子を迎えに帰るまでは、二度とこの街の土は踏まない」

そう心に誓ったのでした。

あの時、

「恵理子は私を励ます意味もあってそう言ったのだろう」

最初はそう思い込んでいたのですが、本当は、

「わずか二ヶ月足らずでホームシックに負けてしまった河村二郎の脆弱さに失望し、それが東京行きを決心させる引き金になり、河村二郎への訣別を決意したのだ」

そう日記帳から読み取りました。

その後の、

「友達としてなら出直してもいい」

という言葉も、所詮は沢村恵理子の河村二郎に対する優しさであり、思いやりにしかすぎなかったのだと気付きました。その優しさや思いやりに気付かぬままに、未練を断ち切れなかった自分も、

「結局は悲しい男だったな」

と今は思います。

そして、未練を振り切って、ただ一人、東京へ旅立った恵理子の強さに、改めて脱帽する思いです。

でも、恵理子は強い女になってしまったけれど、涙をふきながら、泣きべそをかきながらも、恵理子には、

「風邪、ひいただけよ……」

そんな負け惜しみを言う、どこか勝ち気な女のままでいて欲しかった。

「貴方しかいないから、貴方と一緒に歩いて行きたい……」

そう言ってくれる、か弱い女のままでいて欲しかった。

平尾台でけんかをしたとき、

「貴方に付いていける自信を持てるまで、もう会わないから」

そう言いながらも三日後には、

「ゴメンナサイ。やっぱり貴方に付いていきます……」

そう言って謝ってくれた、あの時のままの素直な、かわいい女のままでいて欲しかった。

「あたし、雨が好きなの……。

雨ってとってもロマンチックでしょ……」

そんなロマンチックな、優しい心を持ったままの女でいて欲しかった。

だけど、恵理子は私以上に強くなってしまった。

そして、東京へ行ってしまった。強くなってしまった恵理子を恨むより、そうさせてしまっ

た自分を、脆弱すぎて意気地のなかった自分を恨みたい思いでした。

「うるせぇ！　黙っておれに付いてこい！」

平尾台でけんかしたときも、一二月一四日に恵理子が、

「友達として出直したい」

と言ったときも、そう言えばよかった。

しかし、惚《ほ》れすぎていたがゆえに、その一言が言葉にならなかった。

時間《とき》が戻ってきてくれるなら、私はもう一度三〇年前に戻りたい。

ビデオテープを巻き戻すように、三〇年前に戻れるのなら、私はあの三百間の浜辺に並んで座って語り合ったあの場面から、もう一度人生をやり直したい。

だけど、時計の針は戻せても、過ぎ去ってしまった時間だけは二度と戻ってはこない……。

だれにも取り戻せない時間ではあるけれど、

「恵理子を返せ！」

そう、叫びたい……。

私の青春時代は沢村恵理子が全てだった。

楽しかった時間はわずか半年にも満たなかったけれど、あの時に私の青春は燃え尽きてしまった。沢村恵理子にとっての河村二郎は、「人生」という名のレールの上の一つの通過駅にし

かすぎなかったのかもしれないけれど、河村二郎《わたし》にとっての沢村恵理子は、青春時代の愛と恋の終着駅になってしまった。

そんな気がします。

私は自分の意志とは裏腹に沢村恵理子と別れて、別の列車に乗り換えて、別の人生のレールの上を走り始めてしまった……。

そして、言ってはならない「さよなら」を沢村恵理子に四度も言ってしまった。

一度目は中津の街だった。その時は仲直りをした。

二度目は東京の国分寺駅前の、今では名前も思いだせない小さな喫茶店だった。

古田さんの仲介で、もう一度やり直すことにはなったけれど、あの時の短気が結果的に私の人生を変えた。

三度目は私が京都にいたときだった。国分寺駅前の喫茶店でけんか別れをしてから、悶々《もんもん》として日々を過ごしていた時、古田さんの仲介もあって、友達として、もう一度やり直すことになって、文通を再開してから三ヶ月半後のことだった。

恵理子からの手紙に書かれていた、

「私が、まだ貴方（河村二郎）を愛している、と思っているのだとしたら、それは貴方の思い上がりです」

と書かれた言葉に逆上して、だった。

今ではもう死語に等しい九州男児、という言葉ではあったけれど、あの当時、私には九州男児であることが何よりの誇りだった。九州男児は男らしさの象徴だった。その九州男児としての誇りが高かった私にとって、恵理子からの手紙に書かれていた、

「それは貴方の思い上がりです」

という言葉は、私の九州男児としての誇りを打ち砕くに十分なほどの、屈辱的な言葉だった。その言葉を眼にしたとき、九州男児としての誇り、プライドを逆撫《さかな》でされたような、そんな気がして、私は逆上してしまった。

あのころの、まだ若すぎた私には、その言葉がどうしても許せなかったのです。

しかし、今になってふり返ってみると、あの時のあの言葉は私との訣別を望んでいた恵理子からの、別離《わかれ》のためのメッセージ、だったんでしょうね。

恵理子もまた、私同様に誇り高き大和撫子《なでしこ》だっただけに、国分寺駅前で私を追い掛けていったにもかかわらず、強引に振り切られてしまった。そんな屈辱的な別れを強いられたことに対する恨みつらみが心の片隅にあり、そんな思いが、たぶんあの一言に込められていたのだろうと思うのです。

京都に帰ってきてから、古田さんの仲介で二度目の仲直りをしたとはいえ、恵理子の心の中

には、わだかまりがあったのは確かだったのだろうと思います。

だから文通を再会した私の手紙のなかに、多分恋人然とした言葉を見付けて、

「自分で別れを宣告しておきながら、いつまでも恋人気取りをしないでよ！」

そう言いたかったのではないでしょうか。そんな思いが、

「私が、まだ貴方（河村二郎）を愛している、と思っているのだとしたら、それは貴方の思い上がりです」

という激しい言葉になってしまったのではないかと思うのですが。

しかしあの時、私には恵理子のそんな心の葛藤を読み取って、優しく対応してやれるような精神的なゆとりがなかった。そんな私に愛想を尽かしての、別離のためのメッセージだった。そんな思いがしています。

あの時、あのまま文通を続けていたとしても何も変わりはしなかったのかもしれないけれど、私はまたもや赤い糸を自分で引き千切ってしまった。

四度目は最後に会ったときでした。あの時は心の中で、

「さよなら……」

をつぶやきました。

昭和四一年一二月二〇日。火曜日。曇り。新宿駅東口、午後六時半待ち合わせ。

そして新宿駅のコンコースの中の小さな喫茶店で少しばかり話をして、それが沢村恵理子の顔を見た最後だった。

国分寺駅前での一別以来、一年半ぶりに会ったあの時。

中津の街ではとっても大きく見えて、そして他のどんな女よりも輝いて見えて、とてつもなくかわいくて、私に狂おしいほどの激しいジェラシーを感じさせた、あの、だれよりも素敵だった沢村恵理子はそこにはいませんでした。

そこにいたのは、東京という大都会に埋没してしまった、平凡な普通の、一人の女の子でした。かわいさだけは昔のままに変わらなかったけれど、すっかり都会の女になってしまった、そんな恵理子の一年半ぶりの姿を一目見たとき、

「あ、こんなに小っちゃくなってしまったのか。

それに、あのころの、あの輝きはどこへいってしまったんだろう……」

そう思いました。そして、そう思ったとき、

「自分が愛し続けてきた沢村恵理子は、もういないんだ」

ということに気が付いたのです。

そう気が付いた瞬間《とき》から私の心の中で、寂寥感《せきりょうかん》がまるで燎原《りょうげん》の火のように広がり始めました。

古田さんに仲を取り持ってもらって、もう一度、恵理子に会うことが決まったとき、私の心の中には、

「恵理子の胸中に、もうおれがいないことは分かっている。

でも、もしかしたら、よりを戻せるかもしれない。

できることなら出直したい」

そんな淡い期待がありました。

でも喫茶店の椅子にチョコンと座って私を待っていた恵理子には、中津の街でのあの潑剌《はつらつ》とした輝きはなく、普通の都会の女に変わってしまっていました。

確かにきれいではあったけれど、どんなにきれいではあっても、私にはとても同じ河村恵理子だとは思えなかったのです。

私の胸中で燎原の火のように広がっていく絶望感と寂寥感が、それ以上広がっていくことに耐えられなくて、私は急《せ》かされるように席を立ってしまったことを覚えています。

「できることなら出直したい」

そんな淡い期待を持ちながら、一年半ぶりに再会した恵理子とのデートだったけれど、わずか三〇分足らずのあっけない再会だった。

会うために電話をしたとき、恵理子は友達としての再スタートを、私が気抜けするほどにあ

っさりと承知してくれた。それなのに、次に会う約束をすることもなく、恵理子と私はそれ以後、二度と会うことはなかった。

そして、多分、それから三年ほどあとに、沢村恵理子は嫁いでいった。

あの時、中津の街にいたころの、化粧をしていなかった素顔の恵理子のほうが私には輝いて見えたし、中津の街を颯爽《さっそう》と歩く恵理子のほうが大きく見えて、そして身悶《みもだ》えするほどの激しいジェラシーを感じさせてくれた。

私にはそう思えたのです。

だから、心の中で、

「さよなら……」

をつぶやいたのでした。

あの時が現実の沢村恵理子との、本当の意味での訣別の時でしたね。

あとは連綿として、夢の中だけで中津の街にいたころの、あの沢村恵理子の偶像を追いかけ続けてきました。


あの最後の別れから二六年と八ヶ月……。

出会ってから三〇年間という時を経た今では、楽しかったことや嬉しかったこと、そして辛かったことも、寂しかったことも、悲しかったことも、三〇年という時の流れの中で、全てが素晴らしい思い出に変わってしまいました。

広島にいたときは、飯代さえもこと欠いて、昼休みには地元の連中が弁当を食べるのを横目に、水道の蛇口の水をがぶ飲みしては飢えをしのいだ。

寮の仲間同士で五円、一〇円を出しあって三〇円のゴールデンバットを買い、一本の煙草を二本に分け合って喫《す》った。

会社に内緒で通勤の定期券を現金に替えて食費に回し、四キロの道を早起きをして歩いて通った。

会社から支給された五〇円の食券で四五円の焼きうどんを食べて、五円のおつりを貯めては三日に一度だけバスに乗った。

一〇円の味もないコッペパンが、たとえようもないほどに美味《おい》しかった。

それは赤貧という言葉がピッタリの、貧しくて、辛い暮らしでした。

体重が一〇キロも落ちて、ほお骨が突き出した顔に眼だけが異様にギラギラとしていて、とてもセールスマンには見えなかったでしょうね。

そんな広島を出るきっかけとなったのは、やはり恵理子からの手紙でした。

ほぼ一日おきに届いていた恵理子からの便りが暫く来ないなと思い、郵便受けをのぞき、空っぽであることを確かめてから玄関に入ったとき、ドアの反対側に手紙らしきものを見付けて引き出してみると、恵理子からの手紙だった。

しかし、その内容は、

「東京へ行きたい」

という、驚愕《きょうがく》的な内容だった。

「貴方さえ許してくれるなら、だれがなんと言っても東京へ行きたい」

貴方さえ許してくれるなら、そう書かれてはあったけれど、恵理子の意志は堅そうだった。

説得するために、恵理子を迎えに返るまでは二度と帰らないはずだった中津の街に帰ったけれど、もうその時には恵理子の気持ちを翻意させる術はなにもなかった。

そして、私の説得を受け入れないまま、恵理子は東京へ行くことを決めてしまった。

三日後、見送りに行った広島駅で、恵理子は夜行列車の窓から顔すらも見せてはくれなかった。

「これで絶交します」

そう宣言して別れたわけではなかったけれど、私は絶望のふちに沈んだまま、その月の給料日に、わずかな給料と兄から送金してもらった五〇〇〇円を手に、寮で知り合った友人と共に夜逃げして、京都へ向かった。

恵理子のいる東京に行かなかったのは、私を差し置いて行ってしまった恵理子への、単なる意地にしかすぎなかったのです。

あの時、黒木や伊藤たちが勧めてくれるままに、素直に東京行きを決断していたら、多分、彼らのお節介や古田さんの仲介で、また違った展開が待っていたのだろうとは思いますが、意地っ張りで、見栄っぱりの九州男児は、素直にその意見に従うことをしなかった。

京都では中津時代の二倍、三倍の給料をもらっていながら、東京へ行ってしまった恵理子を案じ、そして恨めしく思いつつも貧乏の極みだった広島時代の反動で、酒と遊びに明け暮れた。そのために、稼いだ金を全部注ぎ込んでも、それでもなお足りずに前借りを続けては飲み、かつ遊んだ。

しかし、荒んだ暮らしを送りながらも、私は恵理子を諦《あきら》めきれなかった。

七月には東京に行ってしまった恵理子を説得するために上京したけれど、結局短気を起こして、別れてしまうことになってしまった。

酒色におぼれて、自暴自棄になって、荒れた暮らしが続きました。

精神的にはどん底でした。

あのころ、辛さや寂しさを古田さんへの手紙に託しました。彼女の手紙が随分私を助けてくれました。私は自分自身を見失っていたのです。

古田さんになだめられて、叱られて、私はもう一度沢村恵理子に手紙を書きました。恵理子は、

「友達としてなら出直してもいい」

そう返事をよこし、また文通が始まったものの、三ヶ月半後、

「私が、まだ貴方を愛している、と思っているのだとしたら、それは貴方の思い上がりです」

と書かれた恵理子からの手紙に、私は又もや逆上してしまい、別れの手紙を認めてしまった。

そしてそれから一年半後、もう一度古田さんが仲を取り持ってくれて、あの新宿駅で再会するまで、会うことはなかった。

一度は別れの手紙を書いたものの、それでも恵理子への思いは断ちがたく、自分の気持ちが少し落ち着いた二ヶ月半後に、恵理子に会えるあてはなかったけれど、東京への転職を決意したのです。

東京に出て来てからも、最初の半年は前借りと質屋通いが続きました。

中津にいたころや、京都時代に買った自慢のスーツも、腕時計も、恵理子の好きだったトレンチコートも質草《しちぐさ》に消えて、二度と手元に戻ることはありませんでした。

寮の食事のない日曜日は、空《す》きっ腹を抱えてせんべい布団にくるまって、空腹を水で紛らわせました。見兼ねた友達がコッペパンを黙って手渡してくれたこともありました。貧しすぎて、その貧しさが、また言いようのないほどに辛かった……。

六畳部屋の真ん中を通路にして、両脇の壁を押し入れ式にし、二段に仕切っただけの八人部屋。寮とは名ばかりの、一人に畳一枚分のスペースしかなかった、その部屋の、せんべい布団の上で膝小僧を抱えながら、

「お前、なんでこんなところにいるんだ？

お前、こんなところでなにをしてんだ！」

そんなことを自問自答しながら、恵理子を想い、故郷の友を想い、来し方行く末を想い、絶望のふちで涙をこぼし、前借りを重ね、借金を繰り返しては酒をあおり続け、時にはろっ骨の浮き出た痩《や》せっ腹にナイフを当ててみたりもした。

それでも、仕事をしていても、沢村恵理子は片時も私の記憶の中から消えることはなかった。歩いていても、電車に乗っていても、同じ年ごろの恵理子に似ている女性を見かけるたびに、胸が疼《うず》いた。

恵理子の勤めていた化粧品会社のマークを見ては思いだし、銭湯に入ってはあの夏の日、入浴させてもらった日の出湯を思いだし、旅行先で海を見ては、宇島の八屋港の白い灯台を思い

だした。

九重佑三子や梓みちよの丸くて大きな瞳と、ふくよかな頰《ほほ》のふくらんだ容貌《ようぼう》に恵理子を想いました。

それはまるで沢村恵理子に取りつかれた夢遊病者のような日々でした。恵理子が傍にいてくれたときよりも辛く、

「手の届かないところへ行ってしまったのは恵理子《おまえ》のほうだ」

そんなふうに恨みもしました。

忘れることのできない恋に悩み、苦しみ続けました。

あのころの私にとって、沢村恵理子との「初めての恋」の余韻はあまりにも辛くて、苦しくて、そして、悲しかった。


そんなさまざまな想いも、今では全てが懐かしい思い出に変わりました。

ただ単に、懐かしくてそう言っているのではありません。

若すぎたころの自分とは違い、三〇年という時間《とき》の流れの中で、人並みの苦労を重ねてきた結果が、そう言わせてくれるのだと思います。

結婚後、二年経った昭和四六年、川崎の営業所から東京の新橋に戻ったとき、私の生き方を変える出来事がありました。

労働組合の幹部から、

「分会長のなり手がいないので、名前を貸してくれないか」

そう言われて、名前を貸したのが労働組合運動に首を突っ込むきっかけでした。思いがけぬことから労働組合運動に従事することになり、昭和六一年までの一五年間は労働組合運動に取り組みました。分会から支部、支部から中央へと自分の意志とは裏腹に役職を重ねることになり、ついには専従役員を要請されて、最後は委員長を務める羽目になってしまいました。

はからずも労働組合の委員長などという要職に就いて、この会社に入ってからの自分をふり返ってみたとき、私は入社二〇年目という一つの節目を迎えていました。ちょうど二〇年前、身一つでこの会社に入社したころの自分を思うと、考えられないほどの変わりようでした。

たとえ、労働組合運動とはいえ、激しい権力争いと厳しい思想闘争に明け暮れる組織の中で、一五〇〇人の人間のトップに立てた。

そんな自分をふり返りながら、

「頑張ったな、誉めてやるぞ……」

そう思いました。

高校時代の生徒会長の選挙では人気だけで勝てたけれど、こちらは人気だけで務まるような役職ではなかったからです。

二〇年前、小さな畳一枚分のスペースしかなかった新橋の寮の部屋の隅っこで、沢村恵理子への失った愛に苦しみ、悩み、一時は、

「このまま死ねたら……」

とさえ思ったほどの苦悩に陥っていたころのことが、まるで夢のような気がしました。

そして、一人前の男になれたからこそ、あんなに素敵だった沢村恵理子とあんな別れ方しかできなかった過去がいつまでも口惜しく、恥ずかしいのです。

「今の自分だったら、堂々と胸を張って、恵理子を迎えに帰れるのにな……」

思いがけずも座ることになった委員長のイスで、そんなことを思ったりもしました。

はるか遠く、記憶の中のオーロラのように、私の中で輝き続けた沢村恵理子がもう一度戻ってくることはないけれど、オーロラもいつかは消えていくことを思えば、やはり消してしまいたくない思い出は、いつまでも思い出として、自分だけの心の中にしまっておこうと思っています。

その沢村恵理子からもらった幾つかのプレゼントのうち、今ではたった一つ、アイヌのニポポだけが残り（貴女にはもう記憶にすらないでしょうけれど）、今もサイドボードの片隅で「祈る二郎幸！」の文字を刻んでひっそりと佇《たたず》んでいます。

「この人形に祈れば、願いごとが叶うのよ」

そう言って渡してくれた恵理子の言葉を思いだします。

あのころ、私はあの人形に毎日のように祈り続けました。

「どうか、恵理子と一緒にさせてください。

どうか、お袋さんの許しがもらえますように……」と。

私の祈りかたが足りなかったのでしょうか？

あのニポポは私の願いをとうとう叶えてはくれなかった。

「早く恵理子を迎えに帰りたい」

と、心を急《せ》かされながらあとにした中津。

希望の灯を胸に発《た》った下関。

失意の中で、夜逃げ同然に逃げだした広島。

微かな希《のぞみ》に縋《すが》るような思いで旅立った京都。

恵理子を追いかけるようにして、やっと辿《たど》り着いた東京。

その東京・新橋の、畳一枚分のスペースしかなかった寮での暮らし。

そんな生活の中で、枕カバーも座ぶとんも、そしてライターも、失《な》くしたときは必死に捜しまわりました。それは、失くした青春と楽しかった過去を必死に取り戻そうとする、哀れな自分の姿そのままでした。

それだけに七冊の日記帳と、そしてたった一つ残ったニポポを恵理子の身代わりとして、大切にしてきたのです。

ニポポ以外には何も残っていない今では、この人形だけが、かつて沢村恵理子が私を愛してくれていたことの証明《あかし》であり、私が沢村恵理子を愛し続けてきたことのたった一つの証明だと思っています。

それがたとえ三〇年前の、叶うことのなかった恋の、思い出の欠片《かけら》にしかすぎないとしても、私にとっては大切な思い出の人形《しな》であり、宝物なのです。


もう一つの思い出は、あの宇島の八屋港の突堤で沢村恵理子に教わった、石原裕次郎の赤いハンカチの歌でした。

昭和三八年六月一五日。土曜日。快晴。

快晴だったあの日、八屋港の海はどこまでも蒼《あお》く、空もまた抜けるように碧《あお》かった。

八屋の港まで一緒に来てくれた古田さんだけをなぜか岸に置き去りにして、突堤の先の白い灯台まで二人で歩き、そして語り合った。

あのころはお互いに好意を感じ始めていたころだった。

私の心の中には既に沢村恵理子しかいなかったけれど、その少し以前に、矢野から恵理子が、

「河村さんのコート姿が好き……」

だと言っていた、と聞いたことがあった。

その恵理子はあの日、

「河村さんは友達の中で一番好きよ」

そう言ってくれた。

あれが恵理子の最初の意思表示であっただけに、私には忘れられない嬉しい一日だった。

私は真っ青な海を見つめながら恵理子が口伝に教えてくれた、あの赤いハンカチの歌を、あの時の情景を思い浮かべながら、今でもカラオケで唄っています。

雲の白さがまばゆいほどに感じられたあの日、沢村恵理子もまた、まばゆいほどに輝いていました。私には眼を瞑《つむ》れば、あの日の情景が今でもまざまざと思い浮かぶのです。

恵理子はパッチポケットのついた白いワンピースを着て、灯台に背を凭《もた》せかけ、私は海を背

にして恵理子と語り合った。
古田さんは五〇メートルほど離れた岸壁でニコニコしながら私たちを見守っていた。
「アカシアの　花の下で
あの娘が窃《そ》っと　瞼を拭いた
赤いハンカチよ
怨みに濡れた　目がしらに
それでも泪は　こぼれて落ちた」
「北国の　春も逝く日
俺たちだけが　しょんぼり見てた
遠い浮雲よ
死ぬ気になれば　ふたりとも
霞の彼方に　行かれたものを」
「アカシアの　花も散って
あの娘はどこか　俤匂う
赤いハンカチよ
背広の胸に　この俺の

こころに遺るよ　切ない影が」

今思えば、この歌の歌詞はあれからあとの私たち二人の未来を予言していたのかもしれませんね。

私はもう住むために中津の街に帰るつもりはありません。

沢村恵理子が憧れていた、この歌にある北国（それが北海道なのかどうかは定かではありませんが）、北海道のどこかの白樺林の中に小っちゃなログハウスを建てて、売れない小説でも書きながら、晴耕雨読の余生を送りたいと思っています。

現段階ではささやかな夢にしかすぎませんが。

三〇年前、若者たちにとって憧れの華の都だった東京は、今では人の住む街ではなくなりました。

一攫千金を夢みたり、遊びだけを目的にするのなら、それはそれで素晴らしい大都会ですが、人々がつましく生活をし、暮らしていくためには住みにくい街になりました。

私が東京を捨てる気になったのは、汚れきった空気、電車やバスに乗っても隣の人の息遣いまでが気になるような環境。普通に歩いていても肩がぶつかるような雑踏と、すさまじいまでの交通渋滞。そして植木鉢一つさえ置くのに困るような狭いマンション生活。

そんな住環境と、平気で嘘《うそ》をついて人を騙《だま》し、昨日の友を裏切ってでも出世をしたがる、そんな人情紙風船のような世界に愛想をつかしたからです。


北海道は違いました。

札幌で暮らした五年の間に私は北海道中を走りまわりました。

走った総距離は延べ一二万キロ。北海道の最北端の稚内から九州の南端の鹿児島まで、車で二〇回往復したくらい。もっと分かり易く言えば、地球を三周半したくらいの計算になるでしょうか。


この大地は走れば走るほど素晴らしさを実感させてくれました。

道東の夜、自分一人しか走っていない、ヘッドライトだけが頼りの漆黒の闇《やみ》の中で、

「この地球上にはおれだけしかいないのかもしれない」

そう思わせるほどに孤独なまでの真夜中のドライブ。

そんなことを思いつつ夜空を見上げれば、手を伸ばせばまるで届くほどに感じられる無数の星たちの輝きがある。

道北では、サロベツ原野と利尻島に礼文島でした。サロベツ原野の海岸線に沿って地平線の彼方《かなた》にまで真っすぐに延びる白く輝く直線道路を正面に見ながら、その左に眼を向ければ、水

平線の彼方に薄紫色の空を背景にポッカリと浮かぶ利尻島がある。

その黒々と浮かぶ利尻島の向こうに、まるで命の終わりを刻むようにして、グッ、グッと一刻ごとに沈んで行く真っ赤な夕陽を眺めたとき、妻も娘も言葉をなくしたまま、息をのんで立ちすくんでいました。

一六歳だった生意気盛りの娘は眼にはうっすらと涙さえ浮かべて、無言のまま、その光景に見入っていました。

それは言葉のいらない世界でしたね。

道央ではドライブの途中でヒョッコリと出くわすエゾジカやエゾリス。そしてキタキツネたちとの触れ合い。そこに行くだけで納得できる然別湖や羽衣の滝の景観。

道東では自然の宝庫の知床半島。いつ行っても違う顔を見せてくれる摩周湖。

初めてそこに足を踏み入れたとき、

「絵の中に入ってしまったのではないか」

と息をのんで見つめたオンネトー。自然の歴史を感じさせてくれる野付半島のトドワラ等々、手付かずの自然が待っていてくれる。

道南では道東と違って人間の歴史を感じさせてくれる函館市の散策。その人間の歴史を見下ろしてきた駒ヶ岳。日本海側のトツトツと、そして淡々とした海岸線のドライブ。

数えあげれば際限のない北海道の自然。それぞれの景色にはそれぞれの旬があり、その旬に合わせて自然を楽しむ。これこそ最高の、至福の贅沢《ぜいたく》だと思えるのです。

季節的には、春になれば、待ちかねていたように土という土を真っ黄色の絨毯《じゅうたん》のように埋め尽くしてしまうタンポポたち。夏になれば、その短い夏を待ちかねていたかのように、百花繚乱に咲き乱れるかれんな花々たちの競演。秋は山という山を赤、黄、緑の鮮やかな原色に染め変える紅葉。粉雪、パウダースノーの降りしきる冬は、真っ白に変身する北の大地。

厳しい冬を耐えぬいたものたちだけが味わえる北海道の春、夏、秋。観光客には味わえない悦びがあるのです。

その自然の四季の美しさは、体験して、その光景を現実に目の前にした人間にしか語れないのです。豊かな自然と、そこに暮らす動物たちとの共存共栄とが、この大地で暮らす人々の生活の原点なのです。

北海道は沢村恵理子の憧れそのままに、素晴らしい大地です。

私は今でも、あの邪気を持たない子供のように天真爛漫で、いたずら好きな小悪魔のように私を戸惑わせ続けた沢村恵理子と、そして四季折々に自然の美しさを見せる手付かずの大自然にあふれた北海道の虜なのです。

私はこの北海道で人間関係に患わされることなく、生涯を終えたい、と思っています。

生まれ育った故郷の町、耶馬渓《やばけい》。

青春時代の一番熱かった時代を過ごしてきた街、中津。

その故郷の町と街は昔とは変わってしまいました。

変わってしまったとはいえ、そこで暮らすために帰るには、私にはあまりにもたくさんの悲しい思い出が多すぎます。あの街は思い出の中だけで充分だと思っています。

思い出の中であれば、大好きだった恵理子に優しくもしてやれるし、我ままも聞いてやれる。

そんな私がたった一度だけ、

「沢村恵理子にキスしたい」

と思ったのはグループの皆で耶馬渓にキャンプに行ったときのことでした。

些細《ささい》なことで私が怒ったとき、恵理子は、

「ごめんなさい。

そんなに怒るんなら、ぶってもいいわよ」

そう言って、私の前にかわいい顔を差し出しました。

「じゃあ、目を瞑《つむ》れ！」

私はそう命じました。恵理子は素直に目を瞑りました。その時、眼の前にあった恵理子のか

わいい唇に、

「キスしよう！」

一瞬、そう思いました。キスしたかった……。

恵理子と何度もデートをしながら、生涯にたった一度、あの時だけ、

「キスしよう！」

そう思ったのです。

プラトニックに沢村恵理子を愛し続けた私にとって、恵理子へキスできる、あれが最初で最後のチャンスだったのかもしれなかった。

しかし、あの時、だれもいなかったキャンプ場へ続く道路の真ん中で、正面からの真夏の太陽に照らされた恵理子の白くて丸い顔が、私には眩《まぶ》しすぎたのでした。

そして、あまりにも無邪気すぎた恵理子の、その無邪気さが私に一瞬の戸惑いを起こさせてしまったのです。

私はあの時の一瞬の戸惑いを、三〇年経った今でも後悔しています。

それは純粋すぎた自分への後悔ではなく、純粋さを捨てきれなかった意気地のなかった、自分への後悔ですが。

あの時に、もしキスできていたら、きっとそのあとの恵理子と私は、それまでとは違った感

情で付き合えたに違いない。そして、その後の二人の交際《つきあい》も違った展開になっていたに違いない。今はそう思うのですが。

でも、だからと言って、私は、

「恵理子を抱きたい」

などと、そんな不遜《ふそん》なことは一度も思いませんでした。

純粋に、プラトニックに愛していたからです。私の心の中でプラトニックなまでに昇華していた愛には、物理的（肉体的）にはなにも必要なかったのです。

高校時代からの親友だった黒木や伊藤は、

「そんなに好きだったら、抱いてしまえ！」

そう言って私を何度もけしかけたけれど、私にはそんな不遜な考えはなかったし、そして何よりも、勇気がなかった。

プラトニックに、本当に好きだと信じていた愛だったから、傍にいてくれるだけでよかった。

だからこそ、神棚に飾っておきたかったのです。

そんな私には、中津を出て、文通するようになってから、恵理子が手紙に書いてよこした、

「三百間の砂浜に横たわっていたとき、貴方は何もしようとはしませんでした。

それは愛情のない証拠だと思います」

という言葉は、

「傍にいてくれるだけでいい」

と思っていた私には青天の霹靂にも似て、文字どおり信じられない言葉でした。

衝撃！でした。

一緒に暮らせれば、一緒にいられれば
「神棚に飾っておきたかった」

それが今でも、沢村恵理子に対する私の正直な気持ちなのです。

惚れ抜いた恵理子とのキスにしてもセックスにしても、それは結婚のための儀式として、大切に残しておきたかったのです。

「死ぬほど好きだから、だから手も足も出せなかった……」

そんな愛が、沢村恵理子《あなた》への河村二郎《わたし》の愛でした。

今でも、あのころの恵理子に対する純粋な愛は全く変わっていません。

何しろ、私の記憶の中の恵理子は二〇歳のまま、なのですから。

恵理子に別れの手紙を書いた京都時代から、私はその思い出を記し始めました。大学ノート

四冊、実に五〇〇ページにもなってしまったその記録は、恵理子の結婚を知ったとき、

「もう、添える希望《のぞみ》のなくなった恵理子への未練は断ちきろう。

そして新しい自分を創造しよう。

そうしなければ永久に未練を断ちきれないし、
立ち直れないまま終わってしまう」

そう思って灰にしてしまったのです。

私には、その記録を読み返すことがあまりにも辛すぎました。

楽しすぎた思い出と、後悔の言葉と、ひたすら恵理子に謝り続ける言葉の羅列とが自分で耐えられなかったのです。

そして、その時、沢村恵理子からの六四通の手紙も一緒に灰になりました。

多摩川の河原で、一通、一通を読み返しながら、あまりにもかわいくて、自分にはすぎた女からの一時《ひととき》の愛を慈しみながらも、あの時、多摩川の水と一緒に、あふれる涙で全てを流し去ったつもりでした。

それでもノートに書き記した記録は消せても、七冊の日記帳と共に、頭の中の記憶は三〇年の時を経てもなお、消すことはできなかったのです。

それからあとも、

「恵理子のことは忘れろ！」

何千回、何万回、そう自分自身に言い聞かせてきたことでしょうか。

それでもなお、沢村恵理子は私の心の中から消えることはなかったのです。

中津を出てから二年後の、もう恵理子の心の中に私がいなかったころの日記帳には、荒れた暮らしを送りながらも、ようやく落ち着きかけた自分の気持ちを整理しようとするように、

恵理子には幸せになって欲しい。

「あたし、あたしの一番嫌いな人と結婚してやるから……。

そして、うんと不幸になってやるから……」

そう言った、あの時の、あの言葉は嘘だったと言って欲しい。

「貴方が幸せなら、あたしも幸せです」

そう言ったのはお前だ。

お前が幸せにならなければ、おれだって幸せにはなれない……。

そんなことが書いてありました。

既に小川恵理子《あなた》の記憶の中には河村二郎《わたし》は塵《ちり》、芥《あくた》ほどにも残ってはいないのでしょうけれど、河村二郎《わたし》の記憶の中には沢村恵理子《あなた》は二〇歳のまま、あの当時よりもむしろかわいく、きれいで鮮烈なイメージのまま残っています。

ただ、思い出は時とともに美化される、と言いますが、

「うんと不幸になってやるから……」

と言われたときの言葉に表しようのないほどの辛い悲しさだけは、どんなに時が経っても、私の心の中で美化されることはありませんでした。

それでも、沢村恵理子は自分の記憶の中から河村二郎を消していき、新しい人生を歩いて、小川恵理子に生まれ変わった。

その小川恵理子に、

「よかったね。幸せになってくれてありがとう」

そう言ってあげたい。

そして、

「貴方と別れても一年間お嫁にいかなかったら、立派だったと誉めてくださいね」

そんな悲しいせりふをサラリと言ってのけた恵理子を、口惜しいけれど、

「立派だったね」

そう誉めてやりたい。

私は小川恵理子となった沢村恵理子にそう伝えることで、今日まで持ち続けてきた沢村恵理子との青春にピリオドを打ちたい。

あの時の文字どおり胸を掻《か》き毟《むし》られるような辛い悲しさが、それで消える訳ではないけれど、それは私だけの問題であって、小川恵理子には過ぎ去ってしまった遠い過去にしかすぎないことでしょうから。

私はこれからも自分の心の中だけで、私を愛してくれた二〇歳のままの沢村恵理子への夢を持ち続けます。

夢はいつまで経っても夢でしかありませんが、夢だからこそいつまでも見ていられる、と思っています。

中津を出たばかりのころは、恵理子から毎日のように手紙が届いていました。下関にいたそのころの日記帳には、

二年経ったら、きっと恵理子を迎えに帰ろう。
もし、待っていてくれなくても恨みはすまい。
どうせおれには似合わないほどの、素敵でかわいい女だった。
夢を見させてもらっただけでも十分だ。
恵理子のことは、たとえ五〇歳、六〇歳になろうとも、いや、
七〇歳になったとしても、おれの記憶の中から消えることはあるまい。

そう記されていました。

そして、この日記を書いた日からちょうど三〇年の時を経て、はからずも五〇歳を迎えようとしている今も、三〇年前の沢村恵理子の面影は消えることなく生き続けています。

多分これからも飽きることのない、片思いの夢を追いかけ続けることになるのだろうと思います。

三〇年間という、気の遠くなるような時の流れは、過ぎ去ってしまった今では、

「全てが運命、であり、

全てが神様のいたずら、であり、
全てが若気の至り、だった……」

という思いなのです。

書いても書いても、書ききれないほどの沢村恵理子への想い……。

それは二度と帰ってくることのない青春の時間《とき》と同じで、取り返すことのできない遥かな時空の彼方《かなた》のことなのでしょう。

でも、私は日記帳を読み返すことによって、その時空の彼方に舞い戻ることができます。

だれにも過去はあるけれど、思い出せない過去もある。

私は七年間の、七冊の日記帳によって、同じ時代を共有した仲間のだれよりもその過去を思い出すことができる。

「いつの日か、この日記帳を話の種に、あの楽しくも悲しかった青春時代を共有した仲間たちと共に、尽きることのない青春への思いを語り合えたら、本当の意味で、生きてきたことへの歓びを感じることができるのではないだろうか?」

そう思ってきました。

古田さんのことは多少は分かっていますが、矢野が好きだった佐野さん、岩田の好きだった竹田さん、私より先に中津を旅立った石口、矢野はどんな暮らしをしているのだろうか?

「素敵な美人を見付けたから、その彼女のために中津で暮らしたい」

そんなことを言っていた宮沢は、その夢を叶えられたのだろうか？

中津に残った岩田は、竹田さんとの夢を叶えることができたのだろうか？

ロマンスのなかった今村はどうしたのだろうか？

そんなことを思いながら、過ぎ去った過去の整理をしています。

もう一度、あの時のままに、あの時の仲間が集まれたら、一体どんな昔話に花が咲くのか、どんなエピソードが飛びだすのか、そう思うだけでも楽しいのです。

とは言え、小川恵理子になってしまった貴女に、思いだしたくもない過去を思いださせてしまったのかもしれませんね。

もし、そうだとしたらお詫びします。忘却の彼方に去《い》ってしまった青春時代への懐《おも》いが、小川恵理子にとってどんなものだったのかは知る由もありませんが、沢村恵理子への思い入れは、私だけの一方的な思い入れですから気にしないでください。私としては、小川恵理子となった沢村恵理子と、おじさんになってしまった河村二郎と、そして、あの時代を共有した大勢の仲間たちとの再会が叶うことを祈っています。

どうか健康に留意して、くれぐれもご自愛のうえ、いつまでも元気で頑張ってください。

いずれは孫もできることでしょうから。

それとも、私の思い出の中の永遠のマドンナは、もう既に孫持ちのおばあちゃんになってしまっているのでしょうか?
もし、そうであったとしても、夢は夢だと思っています。

草々

私の永遠のマドンナ、沢村恵理子さんへ
遥かなる時空《とき》の彼方《かなた》の、遠く過ぎ去ってしまった愛へ、想いを込めて

河村二郎

平成五年五月

＊＊＊

前略
元気ですか？　変わりはありませんか？

二七年ぶりのあの思いがけない再会以来、早くも三ヶ月が過ぎてしまいました。

九月一〇日に君からの葉書が届いて、あの手紙のことを君があまり気にしていないように思えて、実はホッとしていた。

ただ、

「ゴメンね……」

と書かれた最後の言葉に、君は君なりにあの手紙への万感の想いを込めていたのだろう、と察しはしたが……。

しかし、やはり本当は、

「あの手紙は渡すべきではなかった」

君と別れたあとでそう思ったけれど、全ては後の祭りだった。あの手紙を渡したときに君が言っていた、

「あたし、そういうことは（過去をふり返ることは、という意味だったと思うが）あまり好き

じゃないから。

読まないかもしれないよ」

そう言っていた言葉を思いだして、

「読まないで捨ててくれ！」

そう願ってみたりもした。

あの時、

「読まないかもしれないよ」

と言った君の言葉に、私は二七年前の国分寺駅前のことを思いだした。

二七年前の勝ち気で負けず嫌いだったあのころの君にとって、二七年前の、あの時の私の態度は、多分、屈辱的な態度だったのだろうと思う。

だから、二七年ぶりに再会したあの日、君が言っていたように、

「貴方があたしをふったのよ！」

というほうが本当は正しいのだろう。

だが、私は私で、

「中津の街で迎えに帰るのを待っていてほしい」

そう説得しようとしたのに、

「そんなこと、できっこない！」

そう言って私の説得を拒み、

「あたしは結婚しない。貴方が結婚したいんだったら、田舎の女性《ひと》と結婚すればいいのよ！

東京にはこんなあたしでも、好きになってくれる男性《ひと》だっているのよ」

そう言い放った恵理子のほうがいけないのだ、そう思い込んでいた。

だから、正直に言えば、

「読まないかもしれないよ」

そう言われたとき、

「小川恵理子は、河村二郎が自分（恵理子）を捨てたのだ、と思っているに違いない。だから遠い過去は過去のこととして、もう自分の世界の中にいて、私とのことは、単なる過去にしかすぎない、としか思っていないんだ」

そう思えて、いつまでも過去を追いかけ続けている自分が恥ずかしくて、そして少し悲しかったな。

沢村恵理子から小川恵理子となった一人の女にとって、

「河村二郎《おれ》は過去の人間だったんだなぁ」

としみじみ思った。

若いころから見栄《みえ》っ張りで、意地っ張りだった私は、いつも自分の気持ちに素直になれないことのほうが多かった。

そういう意味では、

「読まないかもしれないよ」

と言われた時点で、昔の私ならあの手紙は引っ込めていたに違いない。

でも、そうしなかったのは、ロマンチストを自認する私にとって、三〇年近くも抱え続けてきた、

「不本意な別れかたをしたままでは終われない。

二七年間も抱え続けてきた青春にけじめをつけて、

沢村恵理子への想いに、自分なりのピリオドを打ちたい」

そんな想いが強すぎた結果、それを引っ込めることができなかったのだと思う。

つまりは三〇年経《た》っても、私の自己中心的な考えかたは変わっていなかった、ということなのかな。

そしてその結果、人妻としての君に、またつまらぬ気遣いをさせることになってしまったのではないか、そんなことを思った。

今はただ、

「すまない……」

そう思う。

君に、また新しい借りができたのかもしれないね。


皆に会う日の前日の午後、義兄の家に早めに着いた私は、三〇年前に君と歩いたあの三百間の浜辺を一人で散策してみた。

昔と違い、浜辺はどこまで行っても、長くて高いコンクリートの防波堤が続いていた。

あの見渡す限りの絵に書いたように美しかった白砂青松の浜辺は、もうそこにはなく、紺碧の海も今は茶褐色に濁っていて、三〇年前の美しい浜辺の面影はどこにもなかった。

ここの海で代々漁師をしていた義兄が、

「もうこの海では魚は獲れない」

そう言って陸《おか》に上がってから久しいけれど、その義兄の言葉を裏打ちするように海は汚れていた。雪のように真っ白だった砂はゴミにまみれ、背後の青々とした松林も遥か彼方《かなた》の後方にしかなく、あのエメラルドグリーンの海も茶褐色に濁っていた。

私は三〇年前、君と二人で並んで座り、語り合った場所であろうと思われる辺りの砂浜に一人座り、遠い水平線を眺めてみた。

周りの素晴らしい景色は見る影もないほどに変わってしまったけれど、人間の短い一生を嘲《ちょう》笑《しょう》するかのように、紺碧の青空と水平線だけは昔と変わらずに、三〇年前の景色そのままに、そこに広がっていた。

砂浜に座り、両手の指を絡ませて膝を抱えたまま、波の音に耳を傾けながら目を瞑《つむ》っていたとき、ふっと目を開けると、隣にはあの鮮やかで、清新な笑顔の恵理子が、あの日のままにそこに座っているような、そんな錯覚に捉《とら》われて、思わず隣に目を向けて、苦笑した。

そこには、幻のように過ぎ去っていった三〇年の歳月を嘲笑《あざわら》うかのように、静かに横たわる砂浜があるだけだった。

二〇歳になったばかりのあの夏から数えて、何度目の夏が過ぎていったのかすらも忘れてしまいそうな遠い昔……。

見渡す限りだれ一人としていなかった二人だけの浜辺で、恵理子を押し倒し、キスを求めてもなんの不思議もなかったけれど、純なだけの九州男児は、絵に描いたような二人だけの世界に浸りきっていて、そんな不純なことには思いが至らなかった。

国分寺駅前の喫茶店で三度目の「さよなら」を言ったあと、古田さんの仲介で文通を再開したときに君が言っていた、

「三百間の砂浜に横たわっていたときも、貴男は何もしようとはしませんでした。

それは、愛情のない証拠だと思います」

という言葉に、あの時は衝撃を感じた。

百戦錬磨の今ならば理解できるけれど。

しかし、あの時は純粋に、プラトニックな愛を求めていた。

だから、他の女にならば感じたかもしれない欲望も、恵理子に感じることはなかった。

今の自分でも、そこに恵理子がいたとしても、多分、強引にキスを求め、むりやりにでも恵理子を求めることはできないに違いない……。

そんなことを思いながらの帰り道、昔のままに赤い太陽が大平山の向こう側に沈んでいく景色をぼんやりと眺めていると、私の記憶の中に残っていた恵理子の歌声が聞こえてきた。

「おててつないで　野道を行けば
みんなかわい　小鳥になって……」

あの日、轍《わだち》の残る、車一台がやっと通れるような小路《こみち》の右側には松並木があり、その松並木の向こうに海があった。道路の左側は早秋の収穫を待つ田圃《たんぼ》が広がり、稲は夕日を浴びて黄金色に輝いていた。田圃の外れに中津の街並があり、更にその遥か彼方《かなた》に黒々とした山並みがあった。

八面山が南側に、西側が大平山だった。

暮れなずむ秋の日の一刻、それは私たち二人だけの世界であり、私にとっては極楽浄土であり、夢幻の桃源郷にいるような心地でもあった。

「嘘《うそ》じゃないよな？……

夢じゃないよな？……」

自分の心の中でそんなふうに自問自答していたことを思いだす。

瞼《まぶた》を閉じれば、今でもあの時握っていた恵理子の柔らかくて温かな手の感触と、そして燃えるような夕景色が鮮やかに蘇《よみがえ》る。

だが、あのころの私は若すぎたがゆえに、プラトニックな、少年のような純粋な愛を求めすぎた。

今は、そんな潔癖すぎた、純粋なまでの愛を求め続けた遠い日の自分が懐かしかった。

その翌日、私はもう一つの思い出を求めて、皆に会う前にドライブを楽しんだ。最初に、君の住んでいた町、宇島に行った。

君が初めて私に自分の気持ちを告白してくれたときのデートの場所でもあり、私の脳裏に焼き付いて離れなかった、あの紺碧の海に突き出した八屋港の突堤と白い灯台は、捜せども捜せども、見付からなかった。

変わってしまった周りの景色から察して、

「既に埋め立てられてしまったんだろう……」

と察しをつけるまでには些《いささ》かの時間が必要だった。

そして、

「残っているはずもない」

とは思いながらも君の実家だった日の出湯を捜してはみたが、その痕跡《こんせき》すらも見いだせなかった。あとで君に聞いて、思い出の日の出湯はとっくの昔に廃業した、と知ったのだが……。

君は忘れてしまっただろうが、私にはその日の出湯にも思い出があった。

あれは昭和三八年八月一一日のことだった。

恵理子と私は少しばかり口げんかをした。

その日、私は、

「結婚を前提に付き合おう」

そう申し入れた。

だが、恵理子は言を左右にして色よい返事をしようとはしなかった。

「まだ結婚は考えたくないの。

あたしね、貴方にもっと他の女の人を知って欲しいのよ。

貴男が私しか知らないで結婚したら、私より素敵な女《ひと》が現れたとき、貴方はきっと後悔すると思うし、私を捨てるかもしれない。

だから、もっと他の女の人を知った上で、それでもあたしを選んでくれるのなら、貴方も後悔しないと思うし、私を捨てたりしないと思うの」

「なんでだよ？

どうしてだよ？

おれは結婚の相手は、恵理ちゃんしか考えていないよ。

恵理ちゃん以外には結婚なんて考えてもいないのに……。

おれは恵理ちゃんを裏切ったり、捨てたりなんかしないよ。

絶対に！

そんなにおれが信じられないのか？」

「信じるとか、信じないとか、そんなことじゃなくて……。

あたしたち、まだ若いでしょ。

あたしだってまだ一九歳だし。

まだ結婚のことは考えたくないの」

「歳なんて関係ないじゃないか！

若くて結婚してる奴だって一杯いるじゃないか！

それともおれが結婚の相手として不足なのか？」

「ううん。そういうことじゃあないの」

「じゃあ、何なんだよ!?

おれを信じて付いてきてくれればいいじゃないか！」

「貴方は自分を信じろ、と言うくせに、
じゃあ、貴方はどうしてあたしを信じてくれないの？

あたしだって貴方を信じたい。

だけど、貴方だっていつかはあたしを嫌いになるかもしれないし……。

あたし、それが怖いのよ……」

そんな言葉が、思い込みが強すぎた私への、純な女の畏《おそ》れなのだと気付くはずもなく、同じやりとりを何度も交わした。

同じ大分県出身の南こうせつの神田川の歌の一節にある、

「若かったあの頃
何も怖くなかった
ただ貴方の優しさが　怖かった」

という言葉の意味を、私は何年も経ってから知ったのだが。

ただあの時、沢村恵理子が怖かったのは私の優しさではなく、あまりにもひた向きな一途さ、だったのだろうと思う。

それにしても、結婚の話をするときはいつもと違って、恵理子の歯切れは悪かった。

そんな恵理子が私には焦《じ》れったかった。

従って、私は機嫌が悪くなり、ついつい口げんかになる。

それが常だった。

しかし、恵理子にぞっこんだった私は、それ以上はなにも言えなかった。

ところが、そんな小さな諍《いさか》いの翌日の一二日の朝、恵理子から、

「ごめんなさい。

あたし昨日言いすぎちゃった。

あたし、貴方に従います。

どこまでも貴方に付いていきますから……」

そんな電話をもらって、私はご機嫌だった。

そして、それが嬉しくてたまらなかった。

ところが、その日はまるで大吉のように、さらに嬉しい偶然が重なった。

その日、友人の病気見舞いに行った宇島で偶然に恵理子に会い、そしてデートした。

その日は特に暑かった。

デートの後で、

「ね、お風呂、入っていきなさいよ」

恵理子はそう言ってくれた。

その言葉に甘えて入浴させてもらったときのことを思いだすと、私は今でも体中がむず痒《がゆ》くなるほどの恥ずかしさを覚える。

あの時、まるで新妻のように甲斐甲斐《かいがい》しくタオルや手桶《ておけ》や、そして石鹸《せっけん》を用意してくれた後で、気がついたときには、なぜか恵理子は番台に座っていた。

番台から、入浴中の私を見ていたかどうかは分からなかったけれど、恵理子が番台に座っていることに気がついた時、私はなぜか恥ずかしく、そして番台の恵理子が妙に眩《まぶ》しかったことを覚えている。

その日も私には記念すべき一日となったのだが、その懐かしい思い出の日の出湯はもうなかった。

それから、中津市内に戻り、街を歩いた。

私の勤め先だった中津駅前の生命保険会社。

その真ん前にあった西鉄のバス停。

生命保険会社の前を右に二〇〇メートルほど行った所にあったドレスメーカー女子学院。君が歩き、私も歩き、皆が歩いた道を辿《たど》ってみた。

生命保険会社のビルも、ドレスメーカー女子学院の建物も、古びてはいたけれど、三〇年前の姿そのままに、そこにあった。

西鉄のバス停は、少しイメージが違ったけれど、たまたま西鉄のバスが昔のままにバス停に停車したとき、私は時が止まったような気がした。

三〇年前はバスから降りてくる恵理子をよく見かけ、手を振ったり、時には立ち話をしたりした。

その時も、そのまま待っていれば、ひょっとして沢村恵理子がバスから降りてきて、昔のままに明るい笑顔で手を振ってくれるかもしれない……。

そんな気がして、少しの間佇《たたず》んで、そんな自分に思わず苦笑した。

止めることのできない、三〇年という時の流れがそこにはあった。

生命保険会社ビルの前を通ったとき、今は無断では入ることも許されないビルの前で、私は一つの懐かしい光景を思いだした。

それは三〇年前の初夏のある日、午前九時少し前のことだった。

机に座り、仕事の準備を始めながら、何気なく通りに面した、半分開けられていた窓の外に眼を向けた私は、偶然通りすぎて行く恵理子と眼が合った。

恵理子は通りすぎて、そして直《す》ぐに身体半分を後に反り返すようにして、もう一度窓を覗《のぞ》き込み、私と眼が合うと、鮮やかな笑顔で微笑《ほほえ》み、

「チャオ！」

そんな感じで手を振って、通りすぎていった。

そのホンの一瞬の出来事が私の心を弾ませた。

その日から私には毎朝が楽しかった。それは私には欠かせない朝のセレモニーとなり、それがなければ一日が始まらない、そんな感じの毎日となった。

恵理子が、

「チャオ！」

そんな感じで手を振ってくれると、その日一日がまるでバラ色だった。

あのころの私には沢村恵理子は文字どおり太陽だった。

ある時、なにかの弾みで私が手を振り返せなかったとき、ものの五分も経たないうちに、電話のベルが鳴った。

「意地悪!」

学院の入り口にあった公衆電話から、そんな電話をかけてきたことがあった。

そんな恵理子が私にはたまらなくかわいかった。

無性に愛《いと》おしかった。

あのころの私には、恵理子のいない世界なんて考えられなかった。

だからそんなセレモニーがない日は寂しくて、一日が暗かった……。

そんなことを想いながら生命保険会社のビルの前を通りすぎて、ドレスメーカー女子学院への狭い通路を覗き込んだとき、佐野くんや、沢村恵理子が昔のままにそこにいるような、そんな気がした。

あの通路の壁に寄りかかり、学園祭の切符を受け取りに行った私を待っていてくれた、あの日のことを思いだしていた。

呼びだせば古田くんや、佐野くん、松井くん、白岩くん、竹田くんたちが勢揃《せいぞろ》いをしそうな、そんな気もした。

景色だけは三〇年前そのままだった。

変わってしまったのは人間のほうだ、ということを痛感させられた。

もう、戻りようもない、取り戻せることもない、時の重さを感じた一瞬でもあったな。

あのころ、暑かった夏の日のことだった。

昼休み、事務所の前で水まきをしていたとき、私の持っていたホースの水先に飛び込んできた女の子がいた。

それが知り合って間もないころの沢村恵理子だった。

恵理子はいたずら好きな少女そのもののように、照りつける太陽の中で、まるで踊るようにホースの水先を躱《かわ》しながら、私をからかった。

鮮やかな水色のブラウスに純白のタイトスカートが眩しかった。

それは小悪魔というより、太陽の子のようであり、水の妖精《ようせい》のようでもあった。

あの時の鮮やかな笑顔が眼に浮かぶ。

しかし、その太陽の子のようでもあり、水の妖精のようでもあった恵理子は冬がやってきたとき、私の前からまるでそれを予期していたかのように、蜃気楼《しんきろう》のように儚《はかな》く消えていった。

あのころ、私は大股で颯爽《さっそう》と歩く、そんな自分を常に意識していた。

それゆえに、いつだったか、西鉄のバス停の前で足を滑らせて尻餅《しりもち》をついたことがあった。たまたま西鉄のバス停でそれを見ていた恵理子が、大声で手を叩いて笑い転《ころ》げていたことを、不思議に昨日のことのように覚えている。

私は恵理子の嬌声《きょうせい》を聞きながら、茫然《ぼうぜん》として、暫し立ち上がれなかった自分を思い出す。自分が転んだ恥ずかしさより、あまりにもあっけらかんとしている恵理子が憎かった。

だけど、底抜けに明るかった恵理子を心から憎めるはずもなかった。

その明るさが私には魅力だった。

私は、自分が持っていない明るさを持っている恵理子に、憧れていたのかもしれない。

そんな明るい恵理子によく助けられた。

私が所長に叱られて落ち込んでいたときや、気分が勝《すぐ》れないことがあったときには、軽口をたたいてはよく私を笑わせてくれた。そんな時の恵理子はよく喋《しゃべ》った。

「ねぇ、ねぇ、昨日さぁ……」

早口で友達のことや学校でのことや、いろんなことをまるで速射砲のように喋り続けて、私の心を和ませてくれた。

そんな恵理子のさり気ない思いやりが有り難くて、そして嬉しかった。恵理子の、懸命なお喋りを聞いているだけで、私はいつしか心の憂さを忘れ、そして和んでいった。それは私にとって至福の一時だった。

しかし、そんなふうに恵理子に甘えていながら、私は一度だけ恵理子を叱ったことがあった。

あの時、気分的に最低の状態にあった私は、恵理子に黙って傍に座っていて欲しかった。手を握り、肩を寄せ合い、恵理子と一緒に過ごせる一時を、至上の悦びとして噛み締めていたかった。

そんな自分の気持ちをキチンと恵理子に説明すればよかったのに、そうはしないで、一生懸命に私の気持ちを和らげようと、いつものようにはしゃいでくれる恵理子に、

「頼むから、少し静かにしていてくれないか！

今はそんな気分じゃないんだ！」

そう、怒鳴ったことがあった。

あの時、恵理子は一瞬、戸惑いをみせて、そして悲しそうに黙り込んだ。

暫くしてから、

「あたし、貴方に付いていける自信ない……」

そんなふうに呟《つぶや》いたことがあった。

それは懸命に私の心を引き立たせようと努力してくれる恋人《ひと》への、思い遣りもなにもない、身勝手な男の独り善がりに失望しての言葉だったのだろうと思う。

私は私で、

「男が寂しいときや悲しいときには、黙って傍にいてくれればいい」

そんな恋人《ひと》を望んでいた。

そんな自分のことしか考えない我ままな男だった。

現実を見つめずに、理想ばかりを押しつける私と、現実を見つめ続けた恵理子との、今思えば、あれが別れのプロローグだったのかもしれないね。私は沢村恵理子に、余りにも理想像を求めすぎたのかもしれないな。

生身の恵理子はそれだけで十分に素敵だった。

その恵理子を素直に見つめていればよかったのに、自分の心の中に描く理想像を、むりやりに恵理子に押しつけようとしすぎたのだと思う。

自分の家庭が円満ではなくて、恵まれていなかった分だけ、自分の妻となる女に、理想的な妻の像を描き、その理想像を求め続けた。

若かった分だけ私には気負いがあった。

そして、その気負いが恵理子の精神的な負担になったんだろうね。多分。

「友達として出直したい」

との申し出は、本当は理想ばかりを押しつける私に疲れて、

「一歩、距離を置いて冷静になりたい」

という恵理子なりの率直な思いでもあったに違いない。

今ではそんな気がする。

一〇月の中旬に、私に大分支社への転勤の話が持ち上がった。

私は家庭内の両親の不和に悩んでいたので、家を出たかった。だから大分支社への転勤には心が動いた。

だが、承知すれば恵理子と会えなくなってしまう。それが辛かった。そして、なによりも恵理子と離れて暮らすことが怖かった。

あの時、大分支社への転勤を承諾して大分市へ行き、恵理子の卒業を待って大分市で一緒に暮らせたら……、と思わないでもなかった。

しかし、恵理子を中津の街に残して大分市へ転勤することは私にはできなかった。片時も離れたくなかったこともあるが、離れて暮らしている間に恵理子の心までもが離れていってしまいそうな、そんな不安があった。それもジェラシーだった。

そんな私に恵理子は、

「貴方が大分へ転勤したら寂しくなるから、行って欲しくはないけど、貴方が家にいるのが辛いんだったら、あたし我慢します」

そう言ってくれた。そんな優しさが逆に私の大分行きへの決心を鈍らせた。

大分へ行ったほうが恵理子との愛を貫く、という意味では正解だったのかもしれないが、私には目先のことしか考えが及ばず、結果としてかけがえのない愛を失うことになってしまった。

旧国道を戻って、中津駅前を通りすぎて少し歩いたとき、あのレストラン「アマトヤ」が昔のままに残っていた。

アマトヤでは、君が望んでいたはずの二人だけの楽しいクリスマスイヴを過ごすはずだったが、現実にはその直前になってけんかをし、そのけんかが原因で私は中津の街を出ることになり、別れのための悲しい夜に変わってしまった。

恋人同志で過ごす楽しいはずの夜が、別れを惜しむための二人だけの夜に変わってしまったとき、三〇分以上も遅刻した私に、恵理子は、

「きっと迎えに帰ってきてね」

「三年間も待てない！

そんなに待たせたら、あたし他の男の人のお嫁さんになっちゃうからね。

二年で迎えに帰ってきて……。

迎えに帰ってくれるまで、きっと待ってるから」

そう約束してくれた。

しかし、そんな約束もわずか三ヶ月後には幻のように消えてしまった……。

旧国道から福沢通りを左折して、島田の踏み切りで（今はもうないが）日の出町方向にもう一度左折した。

日の出町には幾つかの思い出の場所があった。

一つは日の出町の入り口のすぐ傍にあった喫茶店「峠」だった。

昭和三九年一月一七日。

中津を出る日、その「峠」で恵理子と私は最後の別れを惜しんだ。

文字どおり恵理子《きみ》の心の中にまだ河村二郎《わたし》がいたころの、それが最後のデートになってしまったが。

恵理子と私は窓際のテーブルに向かい合って座り、別れの一時を過ごした。

そのテーブルの上で、両手の指を絡ませて、うっすらと眼に涙を浮かべて鼻をすすっていた恵理子に、

「泣くなよ、これで終わりじゃないんだぞ」

そう言うと、意地っ張りで負けず嫌いの恵理子は、

「泣いてなんかいないわよ。風邪、引いただけよ」

そんなことを言った。やんちゃで負けず嫌いな恵理子の、あれが精一杯の愛の表現だったのだろうか?

「俺は恵理子のことを婚約者だと思っているよ。

早く迎えに帰ってこれるように、とにかく頑張るから……」

「こうやって指と指を絡ませるのは、相手の愛を確かめたい、という気持ちの表れなんだってさ」

でも嬉しい！」

「嘘《うそ》つき！

「ほんと？　でも当たってるかもしれないわね」

「こら！　いまさら確かめる必要なんてないだろ！」

「あ、そっか。ごめん！」

私の右手と自分の左手を合わせ指と指をからませたままの恵理子に、そんなことを言った。

別れを目前に、たわいのない会話を交わした。

その喫茶店「峠」は、店は残っていたけれど、二階の喫茶室は閉鎖されていた。できれば窓際のあの席で、もう一度コーヒーを飲んでみたかったのだが、それは叶わなかった。

二つ目は通りの中ほどを右に曲がった奥にあった喫茶店「いずみ」だった。

そこでは君と知り合った初めのころに、皆で会うことが多かった。

入社したてのころ、男性社員は所長の他に既婚の副所長と二人しかいなかったこともあって、三人目となる十九歳だった男性新入社員としての私は、二〇数人もいた女子社員には（既婚者が多かったが）よくもてた。

ある時、会社の先輩女子社員に、

「河村さん、彼女、いるんでしょ？ちゃんと紹介しなさい！」

そう責め立てられて、土曜日の昼休みに君を強引に「いずみ」に呼びだしたことがあったな。

先輩たちの前で、恵理子が妙に小さくなっていたことを思いだす。

先輩たちは、

「かわいい人ね。早く結婚しないと、他の男性《おとこ》に盗《と》られちゃうわよ」

そんなことを言って、私を冷やかした。

そしてその「いずみ」は沢村恵理子が私に最後通牒を突き付けた、悲しい思い出の場所でもあった。

その喫茶店「いずみ」は場所すらも確認できなかった。

三つ目はやはり中ほどを右に入り、奥まった通りにあった喫茶店「パール」だった。男たちでたむろすることが多かったその喫茶店「パール」も、跡形もなかった。

四つ目は中ほどより少し手前の左側にあった天ぷら屋「月天」だった。その「月天」は移転の貼り紙がしてあった。

恵理子の義兄と、「月天」で夕食を共にしたのは昭和三八年一〇月二三日の水曜日。秋にふさわしい快晴の一日だった。あのころ、中津の街で「月天」は一流店だった。素人や貧乏人の入れる店ではなかっただけに、そこで晩飯を食えるとは思ってもいなかった。

その日、私は恵理子の義兄のご機嫌をとるために、精一杯の努力をしたつもりだったけれど、恵理子はただの一言もフォローはしてくれなかった。

釣りが好きだという義兄に、

「釣りを教えてください」

と頼んだあの時、恵理子の義兄は、

「そんなに簡単に教えられるほど易しいもんじゃないよ」

と私をたしなめた。

二時間余りの夕食を兼ねてのお見合いのような不思議な時間の中で、いつもはあんなに雄弁な恵理子が、私と交わした言葉はなぜかわずか二言か三言にしかすぎなかった。

翌日、

「義兄の感想を聞きたい」

と一日千秋の思いで待っていた私に、恵理子は電話をよこさなかった。

待ち切れずに電話をした私に、恵理子は私の苛《いらだ》つ気持ちを弄《もてあそ》ぶように、

「（逢う約束の）日曜日だっていいじゃない」

あっけらかんとして、そんな返事をした。

日曜日にデートをしたとき、それを咎《とが》める私に、

「ゴメンね！

だってさぁー、今日話そうと思ってたんだもん……」

と言った。

少しでも早く結果を知りたい、と思う私の心とは裏腹に、恵理子は動じるふうもなかった。

かわいくもあり、憎らしくもあった。

沢村恵理子は、男心を翻弄《ほんろう》する術を天性で持ち合わせているような、不思議な女だったな。

だけど私は、そんな恵理子を憎めきれなかった。

かわいさと、憎らしさとが同居していて、時には、

「ぶんなぐってやりたい！」

と思う気持ちと、

「思いっきり、息が止まるほど抱き締めてやりたい！」

という気持ちがいつも交錯していた。

その気持ちを足して二で割れば、それは多分、

「殺したいほど好きだった……」

ということなのだろうと思う。

もっともあのころの恵理子は、私がいくら怒っても、

「ちっとも怖くないもーん！」

と平然としていた。

周りの同年代の女の子たちは、

「河村さんって、怖い！」

と言って、私には近付こうとはしなかったのに。


だがこの前会ったとき、その義兄の話をすると、君は昔のままに平然として、

「え、そんなことがあったっけ？

どの兄貴だろう？

兄貴って、どんな男性《ひと》だった？」

「釣りが好きだと言っていた」

「じゃあ二番めの兄貴だな、きっと」

そんな返事をした。

あの時、私は思った。

「自分だけの思い入れは程々にしなくちゃいけないかな……。

余りにも、沢村恵理子を抱え込んで生きてきすぎたかなぁ……」

と、ちょっぴり反省した。

あのころの沢村恵理子は河村二郎《わたし》に恋をしたのではなく、恋に恋していたのだと思う。

それは人間として、一度は経験しなければならない麻疹《はしか》のようなものにしかすぎなかったのだろう。

私は、

「沢村恵理子の恋遍歴の中の、最初の免疫の役目を果たしたにすぎないんだ」

そう思うと少し悲しかったな。

私は沢村恵理子と出会うまでにも何度か恋をした。

従って、恋愛に対する免疫がなかったわけではないけれど、不幸なことに、私はそれまでのどの女とも経験したことのない激しさで、恵理子を愛した。

それは惚れすぎたがゆえの悲劇だったのだろうと思う。自分でも怖いほどの恵理子への愛の激しさが、全てに関して裏目にでた。

一途《いちず》に愛することだけしか考えていなかったあのころの私には、冷静に状況判断ができなかった。

しかし、こうして冷静に過去をふり返ることができるようになった今になって、恵理子からの幾つかのサインが見えるようになった。

「どうして、付いてくるか、じゃなくて、連れていくから付いてこい！って、言ってくれないの？」

という台詞《ことば》もそうだったのだろうと思う。

「黙って俺に付いてこい！」

そういう強引な、常にリードしてくれる強い男を、恵理子は望んでいたのだろうと今は思う。

矢野が中津を出るときの送別会のときも、いつもは明るい恵理子が妙に落ち込んでいて、一旦解散した後で、西鉄のバス停から中津駅前まで、私を追いかけてきたことがあった。

「どうしたんだ？」

と聞く私に、恵理子は寂しそうに、目にはうっすらと涙さえ滲《にじ》ませて、

「家、追い出されちゃった……」

そう言ったのだが、私は深く考えることもしないで、

「馬鹿言ってないで早く帰れ！」

そう言って追い返してしまった。

「そんなことがあるはずもない」

という思いが前提にあり、夜道が心配だ、ということの他に、早く帰らないと、自分たちの交際に反対しているお袋さんに余計な詮索《せんさく》をされてしまう、ということにしか考えが及ばなかったけれど、あれは恵理子からの、

「どこか遠くへ連れていって欲しい」

というサインだったような、そんな気がする。

あの時の恵理子だったら、もしかして駆け落ちに同意してくれたのかもしれない。

何度も何度も、ふり返りながら帰っていった恵理子の姿が、今も目に浮かぶ。


もう少し優しい言葉をかけてやればよかった。

いつも叱ってばかりいるおれを恨んでいるに違いない。

すまないと思う。

とにかく恵理子を幸せにしてやらなければ……。

なにか、方法を考えなければ……。

九月三〇日、その日の日記にはそう書かれていた。

そして、それからも幾つかのプロセスがあって、私たちの別れのエピローグはそれから三ヶ月後に、恵理子からの突然の訣別宣言、というかたちで唐突に訪れた。

その日の日記には、

忘れ切れれば恨みもすまい。
愛していなければ悲しみもすまい……。
だが、おれは永遠に恵理子を忘れることはできないだろう。
生涯、恵理子を想い続け、
恵理子への慕情を引きずり続けていくに違いない。
恵理子、もう一度帰ってきてくれ！
おれは他にはなにもいらない。
今は恵理子、お前だけが欲しい……。

そんな情けない、およそ九州男児とは思えない言葉が連綿として書き綴《つづ》られていました。

二〇歳のころの私は、生真面目《きまじめ》な反面、その対極に位置する九州男児を一つの誇りとして、男らしさを追い求め続けるような、相反する一面を持っていました。

「格好よく生きる。

それが男の生きざまなんだ！」

そんな片意地を張って、意気がっていました。

とにかく若かった。

その若さは怖いものしらずの無鉄砲さでもあったのです。

そのくせ「無法松」ではないけれど、女に対してはからっきし意気地がなかった。

自分の理想ばかりを並べたてて、

「女は男に従うものだ」

という意識に凝り固まっていました。

今思えば、一方ではロマンチストを自認しながら、一方ではバンカラを売り物にしようとしていた私には、恵理子のかわいい理屈など理解できるはずもなく、恵理子に言い返されるたびに、

「どうして男としての、おれの気持ちを分かってくれないんだ？」

そんなふうに考え込んでしまうことが多かったのです。

今ふうに言えば「暗かった」のかな。

だから、自分の性格とは正反対の恵理子に魅《ひ》かれたのかもしれない。

そして、そんな恵理子の底抜けの天衣無縫な明るさに、随分と救けられたことも多かった。

日記帳を読み返すたびに、私の脳裏には明るくて闊達《かったつ》だった三〇年前の沢村恵理子が鮮やかに甦《よみがえ》る。

それはたとえようもないほどに輝いていた。

君が忘れてしまった数々の思い出も、私の日記帳の中には生き続けている。

一つ一つが、まるで昨日のことのように思いだせる。

ただ、私はあの日の再会以来、すっかり骨抜きになってしまい、今は気の抜けた風船のような日々を送っているよ。

仕事に対しては今更あくせくする気はない。駆け出しだった若いころと違い、今は自分がシャカリキにならなくても、指示命令さえ間違わなければ、放っておいてもだれかがやってくれる立場にあるからだけどね。

そんな環境の中で、新しい目標を見付けようと懸命に模索中なのだけれど、その新しい目標が定まらない今は、まるで脱け殻のような無為な日々を送っています。

今の希望は、

「定年後は北海道で暮らしたい。そして、そこで小説を書きたい」

ということだけ。

定年まであと一〇年。これからはその新しい夢を追うための準備をしたいと思っていますが、君には私の新しい夢が実現できるかどうか、見守っていて欲しいと思う。

できることなら三年後は別にして、一〇年後には皆で北海道で再会したいものだ、と思っています。

ただ、もう一度皆に会えるかどうかは定かではないが、あの時約束した「三年後の再会」が実現することを祈りたい。

そのためにも、いつまでも元気でいて欲しい。

また会える日を楽しみにしています。

草々

我が永遠のマドンナ
沢村恵理子様

永遠のロマンチスト　河村二郎

平成五年一二月

＊　＊　＊

前略

ご無沙汰をしています。

二七年ぶりの再会から、「三年後の再会」の約束を果たせないまま、もう八年が過ぎ、歳月の向こうに四〇年前がみえるようになってしまいましたが、あれ以来、変わりはないでしょうか？

古田さんからは、最近はパソコンを利用してのメールが届くようになりました。時代の変化を否が応にも感じないわけにはいきませんね。

八年前、三年後の再会を約して別れましたが、郡山市に帰った後、私は郡山市の転勤先から再び東京へ戻ることになりました。

東京にいる間には「三年後の再会の約束」が実現できないままに、その二年後には、あの因縁の広島市へ転勤を命じられましたが、私には広島という街にはよほど縁がないのでしょうか。その広島もまた二年に満たずに追いだされ、東京の関係会社へ出向となりました。

ここでも肩書きは業務部長だったのですが、権限のない窓際生活が続いたため、平成一二年七月末、五七歳になったのを期に、五七歳繰り上げ定年制の適用を希望して、三五年間勤めあげた会社を退職することにしました。

妻とも相談して、かねてからの願望であった北海道暮らしを実現するために、札幌市の北東に位置する江別市に一戸建を買い、平成一二年九月末に引っ越してきました。

雇用保険の切れた平成一三年七月から新しい仕事を見付け、今までとは全く違った人生をスタートしています。

「五七歳の繰り上げ定年制」を適用してもらい、と言えば格好はいいのですが、その実は窓際に追いやられ、その冷遇に耐えられず、自分から希望して退職したのです。リストラされる前に、自分で自分をリストラしました。

なにしろ、反骨心の固まりのような「九州男児」が唯一の売り、ですから。

とは言うものの、元労組委員長という重荷を背負って、自分の意に反して生きてきたとはいえ、窓際に追いやられ、後輩たちに追い越されていく現実は、誇り高くて負けず嫌いの九州男児には耐えられませんでした。

「捨て扶持《ぶち》」のように給与を与えられ、まるで飼い犬のように扱われる毎日は、どうにも我慢ができなかったのです。

結局、食うための屈辱に堪える道を選ぶよりは、辛くとも自分らしく、自由に生きられる道を選択しました。

その昔、ブラジルや満州を目指した親父のように、

「妻子を路頭に迷わせさえしなければ、
己の生きざまを貫く生き方をしたい」

そう思い、妻とも相談して、馬鹿な親父の真似をして、かつての転勤先でもあり、転勤してきたその時から、生まれ故郷の耶馬渓、そして新婚時代から一五年間を過した横浜に次いで、第三の故郷と決めていた北海道に移住することにし、札幌市の隣にある江別市に移住してきました。

雇用保険の切れた今は、現役時代の数分の一の年収しかありませんが、なんとか食いつないでいます。

辞めたときの事情が事情ですから、お役人の天下りのように、前の会社に頼ることだけはしたくなかったので意地を張り通しましたが、この歳での仕事は厳しい経済環境の中で、警備員しかありませんでした。

ただ、警備員（ガードマン）と言えば名前は格好いいけれど、職業としてのランクは決して高くはないことを、実際にこの仕事に従事してみて初めて知りました。

寒風吹き荒《すさ》ぶ街頭に佇《たたず》んで仕事をしつつ、車や人の往来を眺めながら、

「お前、馬鹿だな。

こんなとこで、何やってんだよ。

こんなことやらなくたって、あのまま我慢してりゃ、
暖かいところで、何にもしないでも数倍の給料をもらえたのに……」

そんなことをつぶやきながら、仕事に精出す毎日です。

かつての仲間たちが私のそんな姿を見たら、腰を抜かすでしょうね。きっと。

でも別に後悔をしている訳ではありません。

警備員だって、食っていくためには立派な職業だと思っていますから。

ただ、昔のままに変わらぬ自分の、

「見境のない、馬鹿さ加減が口惜《くちお》しい」

だけなのです。

労働組合時代は、皆が尻込みをして猫の首に鈴を付けられないようなときには、率先して馬鹿なネズミの役割を果たしてきた。

「雇用を維持するためには、会社を維持しなければならない。

会社を維持するためにどうすればいいか。

会社の業績を維持しながらも、働く側の皆の為に、労働者の権利を守るための主義主張だけは守らなければ……」

そう思って片意地張って、懸命に頑張った。

だけど、ある時、信頼していたはずだった一部の仲間や部下から裏切られて、ふり返ってみたら、裸の王様にされていたことに気が付いたときは遅かった。

単純に仕事に没頭するだけの「朴念仁《ぼくねんじん》」は、沢村恵理子にのめり込んだのと同様に、仕事以外は眼に入らず、周りの野心家たちが張り巡らした陰謀に気付かずに、

「河村は会社の犬だ」

そんな風評を流され、身に覚えのない悪評をたてられていることにも気付かずに、選挙ではあっさり敗北してしまいました。

選挙の場になって、初めて自分の立場に気が付いてはみたものの、全ては後の祭り、でした。

そんなこんなで、人を信ずることすら忘れてしまい、一五〇〇人の組合員を引っ張り続けていたときの張り合いをなくしてしまったのです。

そして委員長を退任することになったとき、復職の場として、かねてからの憧れの地でもあり、同時に過去を振りきるためにもと、最も知人の少ない札幌を選びました。

直言居士の性格ゆえに、その札幌も追われるようにして飛びだしたあとは、郡山の関係会社へ出向の扱いで二年あまり。

ここでは名目は業務部長だったのですが、することはなく、飼い殺し同然の二年あまりでした。

その会社での酒の席で、かつて本社の重役で、この関連会社の社長になっていた上司に、

「月給泥棒！」

と罵《のの》られたとき、我慢の限界に達してしまいました。

本社に辞表を出すために上京したのですが、

「元労組委員長が現役で退職しては世間体が悪い」

そんな会社のメンツもあったのでしょうか、東京の営業所へ戻されることになったのです。

しかし、八年ぶりに東京に戻ってみたら、私は浦島太郎になっていました。

かつての後輩たちは私より上位にいて、組合員のため、そして会社のために尽くしたはずの私に得るものはなにもありませんでした。

会長となっていた前社長からは、

「二〇〇〇人の社員の中で、君は我が社の最後のサムライだ。

頑張ってくれなくっちゃ困るよ」

そう言って励ましてはもらったけれど、唯一の理解者であったその会長も半年後には相談役に退《ひ》いて、その相談役に更に諫言《かんげん》する奴がいて、私はまたぞろ片隅に追いやられる羽目になってしまったのです。

東京の営業所に戻ったとはいえ、管理職でありながら平社員と同じ扱いの肘《ひじ》掛のないイスをあてがわれて、実務に携わるだけの屈辱的な日々でした。

そんな屈辱的な窓際生活が二年。

プライドの高かった九州男児には辛い日々でしたね。

あのころ、住まいは茅ケ崎市だったので、故郷の中津を出てから、君と最も接近したときだったのかもしれないし、君に会いに行こうと思えば行けたのだろうけれど、気持ちが惨めで、とても会いに行く気にはなれなかった。昔のように古田さんからいろいろ気遣いをしてはもらったのだが。

そんな生活が丸二年目に入ろうとしたころ、机を並べていた後輩が所長になると決まり、邪魔者となった私は因縁の地である広島の支店へ転任を言い渡され、学生だった娘を一人で置いていく訳にもいかず、三度目の単身赴任をしました。

その広島支店でも、再び、後輩が昇格し支店長になる、ということで、直言居士の私はまた邪魔者扱いにされて、二年に満たぬまま三度目の東京への転任となりました。

私のような、最後のサムライ、と呼ばれる男。そして不器用な九州男児は、もう化石に近い存在のようで、だんだん肩身が狭くなりますね。

二年足らずで追い出される羽目になった二度目の広島ですが、実は広島には不思議な因縁がもう一つあったのです。

それは妻との関係でした。

私と妻が付き合うきっかけとなった三二年前の妻の涙。その妻の涙の原因だった失恋の相手である男性が広島市出身だったのです。

なんとも奇妙な因縁に、それを知ったときは、

「やっぱり、運命の糸は複雑に搦《から》められているものなのだなぁ」

と神様のいたずら心に感心したものでした。

それから三度目の東京へ戻ることになったものの、元労組委員長としての直言居士の私の居場所は本社にはなく、結局は三度目の関係会社出向を命じられましたが、ここでも何の実権もない、名目だけの業務部長で、飼い殺し同然でした。

辛抱は重ねたものの、

「食わしてやってる」

と言わんばかりの会社の処遇に耐えかねて、五七歳になるのを待ちかねるようにして、「五七歳繰り上げ定年制」の適用を希望し、昨年七月末付けで退職しました。

会社は、繰り上げ制の適用とはいえ、定年で辞める、という大義名分がたったためでしょうか、

「待ってました」

とばかりに辞表を受け取りましたよ。

古田さんからは、

「もういい加減に、九州男児を捨てなさい。あれはもう過去の遺物なんだから」

とよく忠告されたけれど、私は最後の砦である九州男児としての生きざまと、男の誇りを捨てることよりも、生活の基盤であり、そここの地位と収入を得られていた会社を捨てるほうを選びました。

最後まで、馬鹿は馬鹿で終わりたい。

それが最後のサムライと言われた九州男児の、最後の意気地、ですかね。

妻とも相談したうえ、退職金で、かねてからの希望だった北海道の、ここ江別市に一軒家を購入しました。

妻と二人、悠々自適、と言いたいのですが、退職金は自宅購入資金に消え、わずかな貯えは退社直前に亡くなった親父の葬儀費用と墓碑代に消えてしまいました。

雇用保険で食いつないできたのですが、それも終わりとなってしまいました。

また働かざるを得ないと仕事を探したのですが、北海道の雇用状況は極めて厳しいです。意地を張り通すのも大変ですが、やっと叶えた北海道暮らしの夢を維持するのもまた、極めて厳しいですね。

だが負けてもいられない。頑張るしかない、と覚悟を決めています。覚悟は決めてはいるけれど、収入は前職の数分の一。東京の高校生のアルバイト代よりも安い時給。しかもほとんど一日、立ち詰めの厳しい勤務形態。前の会社では考えられないほどの劣悪な労働条件ですが、五八歳、糖尿病予備軍、というよりも糖尿病を患う身には、他の選択肢はほとんどないのが現実でもあります。

「お前、馬鹿なことをしてるなぁ」

寒風吹き荒《すさ》ぶ中でそんなことを時々思います。

ぬくぬくと、のうのうとして暮らせたかつての自分を懐かしむ訳ではありませんが、

「九州男児の意地、男の誇りを維持するのも容易じゃない。

結構、辛いものがあるんだぞ」

そう覚悟を決めています。

考える時間が多いせいか、私は仕事中いろんなことを考えます。

いろいろな思いの中で、二〇歳のころ、私を悩ませ続けたあの小悪魔のような、妖精《ようせい》のようだった沢村恵理子のこともしばしば思いだします。

君のご主人はお酒を飲むのでしょうか?

その昔、沢村恵理子は、酒を飲んではしゃぎまわる私に、

「お酒を飲む人は嫌い!」

と言ったことがあった。

そのくせ私が飲みすぎると、まるで女房気取りで心配し、世話をやいてくれた。そんな心配そうな恵理子を、甲斐甲斐しく介抱してくれる恵理子を見るのが好きで、わざと飲みすぎたふりをしてみたりもした。

私にとっては、恵理子に心配をさせることが、恵理子の私への愛の重さを量るバロメーターのようなものだった。

だから恵理子の自分への愛の重さを量りたくて、よく酒を飲んだ……。

そんな形で愛を確認しようとした、なんて悲しいよね。もっとストレートに愛を表現できれば、違った愛になっていたかもしれないのにね。

私はロマンチストを自認してきたけれど、沢村恵理子にもそんな部分があった。君は今でも雨が好きなのだろうか?

君自身も既に忘れてしまったかもしれないけれど、恵理子は昔、

「あたし、雨が好きなの」

そう言ったことがあった。

それはある雨の土曜日、喫茶店「いずみ」でのデートのときのことだった。

窓際の席で、窓の外の植込に煙るような雨が降っていた。

なぜかその時のそのフレーズが、その時の雨の情景と共に忘れられない。

太陽のように明るかった恵理子の、

「雨が好き……」

という、意外な一面を垣間見て、なにか大発見をしたような、そんな気がしたものだった。


それにしても君は相変わらずキュートだったね。私を悩ませ続けた、小憎らしいまでの小悪魔的な魅力も昔のままだった。

ただ、今ではもう三六年前にもなるが、新宿駅で最後に会ったとき、

「あ、こんなに小っちゃくなってしまったのか」

そう思ったのは私の錯覚だったことを、改めて確認できたことで、少し複雑な感じがしたな。

君の身長が一六〇センチにも満たないとは、まったく思ってもいなかった。

つまり中津の街ではとても大きく見えていたことの裏返しでもあるのだろうけれど、あれだ

けデートを重ねていながら、私は沢村恵理子のイメージを増幅させすぎていた、ということなんだろうね。

あらためて小柄の君を確認して、自分の夢が膨らみすぎていたことを反省した。

現実の君は、手の届かない人妻だということも含めて……。

二七年ぶりの再会の前日、私は中津の義兄の家に泊めてもらい、昔話に花を咲かせた。

その時、

「明日は二七年ぶりの恋人に会うんだ」

と姉さんに話した。

その時、姉さんは、

「お前が昔、一緒になりたい女性《ひと》がいる、と言っていたことがあったけど、その女性のことかい？」

そう言った。

両親が私を残したまま故郷を捨てたあと、相談する相手のいなかった私にとって、姉さんはただ一人の相談相手だった。

その姉さんは、私が、

「結婚したい女性《ひと》がいるんだ」

と相談した、三〇年前のあの日の私の言葉を覚えていてくれた。

私は姉のその一言に、酒のせいもあってか、不覚にも思わずポロリと涙を落としてしまった。弟を思う姉の気持ちとしては当然かもしれないけれど、三〇年という返らない時の重みを感じずにはいられなかった。

思わず、

「戻れるものなら戻りたいな……」

そう思った。


とは言え、妻は私の三八年前へのそんな想いを、病気だと思っているようで、

「現実は現実、夢は夢」

と割りきってくれている、そんな思いやりを感じながら、三三年を共に過ごしてきました。

そんな妻に感謝しなければならないことは承知しているけれど、今でも女に関してはシャイな私には、妻となった女性《ひと》へ、感謝の言葉を口にするのは、なおさら難しいことのような気がします。それを現実に口にできるとしたら、それは多分、死出の旅路の直前、ぐらいではないでしょうか。

沢村恵理子との遠い、遠い、過去があって、そして私は妻に巡り合えた。

沢村恵理子との出会いは、あれは私の青春時代への「神様の贈り物」だったのだろうと思います。

その贈り物のおかげで、私は妻との新しい赤い糸を紡ぐことができた。

「これが本当の赤い糸なのだよ」

そう知らせるための神様のいたずらは、私の青春時代を彩るためのいたずらでもあったのだ、と気付くまでに、私は三〇年もの歳月を費やした、ということになるのでしょう。

そして、辿《たど》り着いた結論。

「ありがとう、神様
ありがとう、沢村恵理子
ありがとう、良き仲間たち
そして、ありがとう、我が妻」

その結論をもって、私は九州男児として、生粋の横浜《はま》っ子である妻と共に、

「この北海道で、この北の大地を第三の故郷として頑張り続けたい」

と思っています。

「一粒の麦、地に落ちて死なずばただ一粒にて在らん

もし死なば多くの実を結ぶべし」

の言葉を心の糧として……。


もうこれで三部にまでなってしまった私の独り言を、終わりにしたいと思う。君も結構疲れただろうしね。

私は永年の夢だった「幸せな家庭を作り上げる」ことだけは実現できたと思っています。

妻とはこの三三年の間、小さな諍《いさか》いは何度かあったけれど、けんからしいけんかをしたことはなかったし、平凡に暮らせてきたと思っている。

現役時代の前半は組合活動で、後半は転勤の連続で、そういう意味では苦労はかけたけれど、これからは二人だけの生活を送れるので、今までの穴埋めをしたいと考えています。

私の夢は三つありました。

一つは君との再会と君へのお詫び。

それは古田さんのおかげで、なんとか果たせた。

二つ目は北海道への移住だった。

それも昨年実現した。あとはこの北の大地で妻と二人で、美味《おい》しい食材と、見飽きぬ自然の景観を楽しみながら平凡に余生を送れれば、と思っています。

残る三つ目の希望は、幸せな家庭を作り上げることだった。

その夢は実現できたと、自分では思っていますが、伴侶としての妻と一人娘が満足してくれているかどうか……。しかし、それは妻と娘にしか分からない。いつかは、語ってくれるであろう妻と娘の言葉を待つしかありませんね。

とにかく、本当にありがとう。

くれぐれも御身大切に。いつまでも元気でいてもらいたい。そして、またいつの日か、二度と戻ってくることのない青春の一時を共に過ごした、あの仲間たちに再会できる日がくればいいな、と願っています。

その時には古田さんや黒木、そして伊藤を立会人にして、

「二人だけでゆっくりと話し合ってみたい。

そんな時間が欲しいいな」

そう思っていたのに、思いがけなくも一番長生きすると思っていた伊藤が三年前に逝《い》ってしまいました。

伊藤は逝ってしまったけれど、もし皆との再会が実現できたとしても、それは多分、出会ってから四〇年を超えたときになっているだろうと思います。

でも、その時にこそ、解き明かせなかった幾つかの私の疑問を解明して欲しいとも思ってい

ます。

それが私の最後の希《のぞ》み、かな。

でも、もしその希みが叶ったとしたら、私は本当に人生に希望をなくしてしまうかもしれないなぁ。

そう思うと、少し怖い気もするが……。


「娘が嫁いで寂しくなった」

と、数年前の葉書に書いてあったけれど、まだ「お婆ぁちゃん」にはなっていないのでしょうか?

最後に、あの再会の日、

「幸せかい……」

そう尋ねたとき、君は少しはにかみながら、

「うん……。まあね」

そう答えた。

あの時の君のかすかなはじらいが本物であることを信じつつ、ペンを置きたいと思う。

草々

平成一三年一二月

河村二郎

沢村恵理子様

追伸

前述のとおり、私の生涯の親友の一人であった、伊藤が三年前にガンで急逝してしまいました。伊藤からの手紙や葉書を整理しているうちに、八年前に伊藤に宛てた手紙がワープロのフロッピーに残っていることに気付きました。

私の沢村恵理子への想いと、黒木とのことも書き記してありますので、彼への鎮魂の意味も含めて、読んでやってください。

＊　＊　＊

前略　先日の同窓会の際には面倒をかけ、申し訳なかった。

久しぶりに故郷の薫《かお》りを嗅《か》いで、三〇年ぶりの友と顔を見合わせて、本当に懐かしかった。

手立てを尽くして、同窓会を催してくれたことにお礼を言いたい。

本当にありがとう。

他の準備委員にも宜しく伝えて欲しい。

あの日、出席した仲間たちは、口にだしては言わなかっただろうけれども、心の中では感謝していたと思う。

それにしても、三〇年という歳月は、平凡に暮らせた人たちには何でもない月日だったかもしれないが、おれには永くて、重い歳月だった。

出席者たちと談笑しながらも、男女《ひと》それぞれに、三〇年前へのさまざまな想いがあったのだろうと思った。

共に喜び、そして、悲しみ、辛さや苦しみを共有したことへの、とめどもないほどの郷愁。

その取り戻せることのない三〇年前への想いを、あの同窓会は十分に充たしてくれたと思う。

卒業以来、会うこともなかった顔、顔、顔。

大和田や真田や、何年ぶりだったかを忘れるほどに懐かしい友にも会えた。

そしてなによりも、お前や黒木に会えた。

それが嬉しかった。

お前にとっての、その後の人生がどんなものであったのかは垣間見ることしかできなかったけれど、おれは伊藤《おまえ》と黒木とで青春時代を共有してきた、とそう思っている。その青春時代に戻ることができた。それだけで十分だった。

高校時代のお前は明るくて、そしてナイーブな一面をもっていた。

そんなお前が好きだった。

自分の家庭が不和だったせいもあって、お前の家によく泊まり、家族と一緒に晩飯をご馳走になった。

お袋さんの手料理に、自分の家では味わうことのなかった家庭の幸せを、存分に味わわせてもらった。

黒木の下宿先にもよく泊まったし、高校生でありながら、黒木と三人でよく飲み明かした。

お前の家で宇宙について深夜まで激論し、大声で怒鳴りあったときでも、お袋さんは優しかった。

どんな時にも、にこやかな笑顔しか見せない優しい母親《ひと》だった。

お前が大学に入り、上京してからお袋さんへの便りが途絶えたときも、お前のことを心配していた。

あのころ、まだ京町の生命保険会社に勤務していたおれに、

「最近、徳幸から何も言ってこないのですが、徳幸から何か連絡がなかったでしょうか？」

そう言って訪ねてきてくれて、一時間余りも話し込んだこともあった。

そして、おれが田舎を飛びだして落ち着く当てのない生活《くらし》を送っていたころも心配をしてくれて、何度か手紙を戴いた。

優しい言葉に独り、涙したこともあった。

素敵なお袋さんだ。おれはお前のそんなお袋さんに憧れていた。

「あんな母親《おふくろ》が欲しいな」

そう思っていた。

時の流れは切ないけれど、お前のお袋さんに憧れて、

「あんな母親が欲しいな」

と想った、そのおれの想いは、今も変わらないよ。

健康に留意して、いつまでも元気でいて欲しいと伝えてくれ。

もう一度あの優しい笑顔を見たいけれど、今度、いつ帰れるかは分からないから。

あのころ、高校三年の夏から二五歳の年の暮れまで、おれは日記帳を書き続けた。

その当時の日記帳を読み返すたびに、若すぎた青春時代を思いだす。

ナイーブで、それでいて逞しさと明るさが同居していたお前と、そして、いつも朗らかだった黒木と、馬鹿で貧乏で、何の取り柄もなかった寂しがり屋のおれと、どこでどう馬が合ったのかは分からないが、その三者三様の取り合せが、おれの青春時代を素敵なものにしてくれた。そのことに今でも感謝している。

しかし、この前お前に会ったとき、おれは時代《とき》の流れを感じた。

お前と黒木と、そしておれは昔のままの親友《ともだち》だと思っていたけれど、

「伊藤《おまえ》の心の中には、おれはもう既にいないいな」

そう感じた。

おれの生来の親友だと思っていた伊藤《おまえ》は、二〇数年の時を経て、ただの友達になってしまったのかなと、そう思った。

別に僻《ひが》みで言っている訳ではない。

悲しいけれど、高校を出てから、共に生きる場所が違ったから、だから仕方がないのだと、

そう思っただけだ。それが現実なのだと。

おれがあのまま中津に残っていれば、大学を出てから中津に帰郷してきたお前や黒木とは三者三様《それぞれ》の人生を歩みつつも、高校時代のままに良き親友《とも》でいられただろうが、皮肉なことに、おれが故郷《なかつ》を飛びだして、お前と黒木が故郷《なかつ》に戻った。

立場が逆転したときに、おれたち三人の親友としての交際《つきあい》は終わりだったのかもしれんな。

そう言えば二八年前、いきなり東京へ出て行ったとき、

「こん、馬鹿たれが！」

顔では笑いながら、お前にそう怒鳴られたことがあったな。

それでも、そんな言葉とは裏腹に、お前たち親子三人と黒木を交えて歓迎してくれたときの、お前のあの嬉しそうだった笑顔を懐《おも》いだすよ。

今ではお互いに住む場所も、生きる社会も違ってしまい、故郷《なかつ》と過去《おもいで》しか共有できるものがなくなってしまった。

それでも、おれは昔のままの寂しがり屋のロマンチストだから、そうした時の流れを認めたくない。

認めたくないからいつまで経っても故郷《なかつ》と過去《むかし》に縋《すが》りついてる。

そんなおれは、お前や黒木から見れば、今では異邦人であり、所詮《しょせん》、故郷を捨てた馬鹿なボ

ヘミアンにしか見えないのかもしれんな。

おれは一人の人間《おとこ》としては曲がったことの嫌いな、直情的な想いをぶつけて片意地張って、馬鹿も損も承知で、九州男児を貫き通して生きてきた。

今思えば、つまらぬ正義感を振りかざして、妥協しないで、

「駄目なものは駄目だ！」

そう主張して生きてきた（この台詞を口にしたのは土井たか子さんより、おれの方が古いんだぞ）。

だが、労働組合活動に従事していたときはそれでもよかった。

だから、激しい権力争いと、厳しい思想闘争に明け暮れる労働組合組織の中で、一五〇〇人のトップに立てたのかもしれん。

しかし、最後は、醜い権力争いに巻き込まれ、信頼していた仲間と部下に裏切られ、欺かれて、委員長《トップ》の椅子《ざ》を追われた。

あの時が一番切なかった。

その時、おれは他人《ひと》を信じることの愚かさを、いやというほど思いしらされた。

そして現場に戻ったとき会社は、そんなおれを受け入れてはくれなかった。

現場に戻ってからは労働組合《そしき》の委員長《トップ》として潔癖すぎたがゆえに重役連中に疎《うと》まれ、謂《いわ》れの

ない中傷を受けた。

無理を聞いてもらって赴任した、大好きだった札幌も石持て追われるようにして、郡山へ行き、そこでもまた干され、窓際に追いやられた。

あまりの切なさに、退職して妻子を残してきた札幌に戻ろうと思い、退職願いを出したけれど、会社は社外や社内へのメンツがあって、前委員長としてのおれを辞めさせてはくれなかった。

今は、ロクな仕事もないままに、出世競争では後輩に追い抜かれて、惨めな思いもさせられている。

だけど、おれは自分の信念を変えてまで出世したいとは思わなかった。どんな時にも、上役に媚《こ》び諂《へつら》うことだけはしなかった。

その生きざまを九州男児の本懐だと信じて生きてきた。

「一人ぐらいはこういう馬鹿が、いなきゃ世間の眼は醒《さ》めぬ」

そういう思いだった。

その馬鹿な生きざまを貫くことの、孤独な辛さと寂しさは分かってはもらえないとは思うが。

だけど、妻や娘に申し訳ないと思いながらも、おれは妥協のできないそんな自分の生きざまを大切にしてきた。そのために、妻や娘に辛い思いをさせた。

おれが平凡な感覚のサラリーマンだったら、札幌へ行くこともなく、郡山に単身赴任することもなく、妻や娘と住み慣れた横浜で平穏に暮らせただろうと思う。

もう少し、器用な生きかたができていたら、おれの人生はバラ色だったかもしれないが、九州男児を誇りとして生きてきたおれには、ゴマをすることも、お世辞を言うことも、適当に妥協をすることもできなかった。

同じ九州の片田舎で育ったお前や黒木と生きる世界が違っても、おれは昔のままの九州男児としての生きざまを、他のだれよりも大切にして生きてきた。

他人から見れば、単なるマスターベーションかもしれないけれど、九州は、大分は、そして中津の街は、おれの誇りだった。

日本全国どこへ行っても、自己紹介をするときは、

「大分県の出身です」

「一万円札の故郷の中津です」

いつも、胸を張ってそう話してきた。

そして、古びた言葉ではあっても、九州男児であることを誇りにして生きてきた。籍はなくとも、九州も、大分も、中津の街も耶馬渓もおれの誇りであり、生まれ故郷であることに変わ

りはない。

そして、そこに暮らしているお前も黒木も、昔のままの親友だと、おれは思ってきた。それが、おれの一方的な思い入れであってもかまわない。それがこれまでの、おれの生きざまだった。

たとえ、お前や黒木がおれのことをどう思おうと、おれはそう思って生きてきた。

信頼すべき仲間や、かわいがってやったはずの部下に裏切られ、欺かれたときでも、お前や黒木に対してだけは、

「信じることが誠なのだ」

と思っていた。

思ってはいたけれど、時の流れは悲しくて、そして切ないよな。

人の心も、時の流れのように、水の流れのように、移ろいゆくものだと分かってはいるが、これだけはどうにもならなかった。

昔、

「親友とは……」

と若い連中と議論したことがあった。

おれは、

「最後のパンの一切れを分かちあう。それが本当の親友だ」

と言った。

若い連中は、

「最後のパンを分けたら、自分も死ぬ、と分かっていてもですか?」

と聞き返した。

「当然じゃあないか。

一緒に死ねるから、だから親友じゃあないか」

そう言ったら、若い連中は、

「パンを分けたら自分も死ぬ、と分かっていたら、たとえ親友でも、おれはそうしない」

と言った。

おれはそいつらとは、二度と一緒に飲まなかった。

昔と今とでは、親友に対する概念《おもい》が違うのかもしれないと思ったけれど、おれはそんな考えをとても肯定できなかった。

親友と共に最後の一切れのパンを分かち合うことの悦びを語れないような連中と、酒など酌み交わしたくもなかった。

おれはお前も、黒木も、

「最後のパンを分かちあえる、生涯の親友《とも》」だと今でも思っている。

多分、一方的なおれの思い入れだろうとは思うけれど……。

だがな、おれの一方的な思い入れであってもかまわないから、頼むから、否定はしてくれるな。おれの伊藤《おまえ》や黒木への夢を壊さないでくれよ。

おれには忘れ難いもう一つの青春がある。

おれは、三〇年経った今でも、沢村恵理子に恋し続けている。

東京に行ってしまった沢村恵理子にではなく、中津にいたあの時の、あのどう仕様もないほどにかわいかった沢村恵理子に……。

あの青春時代の夢を捨てきれず、沢村恵理子への未練を断ちきれない。断ちきれないままに、昔の夢を追い続けている。

現実に掌の中にある妻子と、取り返せない時空《とき》の彼方《かなた》にいる昔の恋人と、その両方を大切にして生きてきた。

お前にどんなに笑われようと、おれはそんな自分の生きざまは変えられそうもない。それにはそれなりの理由がある。

お前は、おれが本籍を横浜に移したことを怒ったけれど、あのころ、おれは中津の街に帰るのが辛かった。

おれの家庭は平和ではなかった。いつも両親の諍《いさか》いに悩まされていた。

「こんな家庭を早く飛びだしたい」

いつもそう思っていた。

そんな時、沢村恵理子に出会った。その出会いがおれの人生を変えた。

自分の人生を変えてしまった恋人《おんな》との過去をふり返るのが辛かった。

中津に帰ればその辛い過去を思い出す。

その辛い過去と、幸せにはほど遠かった家庭をふり返りたくはなかった。

だから、今の妻と所帯をもったとき、その二つの辛い過去を清算して、自分なりの幸せな家庭を築こうと決心した。

そして、本籍を横浜に移した。

おれが本籍を移した、と知ったとき、お前は、

「お前は中津《ここ》の人間じゃろうが！

九州人としての誇りまでも捨てるんか！

どげん、言い訳してん、本籍まで移すことだけは納得でけん！

それだけは許せん！」

そう言って怒った。

お前には理解はしてもらえなかったけれど、そんな幸せとは言えなかった家庭へのおれの想いと、未だに沢村恵理子への想いを引き摺《ず》っている気持ちも分かって欲しかった。

北海道に第三の人生を求めようとしているのも、

「幸せだったとは言えなかった家庭と辛い恋の思い出とを捨てて、
自分のための新しい歴史を作りたい。

それなら、九州男児が北海道に夢を求めるのもいいな」

そう思ったからだ。

南の国の九州が、大分が、中津が、そして耶馬渓が好きだから、そこにはないものを求めて北に旅することを決意した。

帰ることのない片道切符の旅だけど、そんなロマンを求める、そんな馬鹿が一人くらいいたっていいよな。なぁ、伊藤。

黒木なら、きっと賛成してくれると思ってるけど、それもおれの一人よがりだろうか？

先日、新宿での黒木の個展を観に行った。

黒木はことのほか喜んでくれた。

そして、高校を卒業するときに贈ったおれの言葉を未だに覚えていてくれた。

当時、進路を迷っていた彼に、

「この道より歩く道なし。この道を歩め」

そう書き贈ったことがあった。そのことを黒木は今でも感謝している、と言ってくれた。

「黒木画伯の生みの親はおれだったのかな」

と思った。

実際には黒木自身が決めたことではあっても、その言葉を覚えていてくれたことが嬉しかった。覚えていてくれたことが良き親友《とも》であったことの証《あか》しだと思った。

その夜、十数年ぶりに酒を酌み交わしながら黒木と語り明かした。

お前のことも、黒木の高校時代の恋人だった（ただし、黒木の一方的な片思いだったがな）大山康子のことも、そして沢村恵理子のことも語った。

「いつか、伊藤と三人で語り合いたいな」

そう話して別れた。

お前さえよければ、いつか機会をつくって欲しい、と思っている。

おれは高校を卒業した一年ほどあとに、高校時代との友人たちとは無関係の新しいグループを作った。男四人、女六人のにぎやかなグループだった。

その中に沢村恵理子がいた。

その連中と、三〇年ぶりの再会を、今企画している。

お前や黒木と過ごした青春時代とは別の、もう一つの青春に巡り合いたいと思っている。

今はそれがなによりの楽しみだ。


先日の同窓会の翌日、新博多町のお前の店に寄った。

電話中だった奥さんと眼が合ったので、会釈をした。そのまま、電話の終わるのを待っていた。

二分か、三分か……。

電話を終わった奥さんは奥に消えた。お前かお袋さんが出て来るのを待ったけれど、だれも現れなかった。

飾ってある花を眺めながら何分か待って、待っていたその時、

「奥さんはおれの顔が分からなかったのだ」

と気付いた。

悲しかったな。その時は……。

そして、そのまま黙って帰った。

お前は少し太めになったとは言え、昔と変わらぬハンサムボーイだが、おれは髪の毛の薄くなった頭と、皺《しわ》の増えた自分の顔に（笑うな！）、時の移ろいをしみじみと感じたよ。


それから中津の街を散策した。

新博多町から、沢村恵理子に出逢う前に付き合っていた山村富士子のいた中津屋、そして、学校帰りに黒木と三人でよく談笑した喫茶店「胡桃《くるみ》」の前に差しかかったとき、あの天ぷら屋「月天」が閉店したのではなく、喫茶店「胡桃」の並びに引っ越したことを知った。

あの、という意味は「月天」が日の出町にあったころ、たった一度だけ、沢村恵理子の義兄と会食したことがある思い出の店だったからだ。

日の出町を通ったとき、月天の貼紙をチラと見て、

「ああ閉店したのか。これで一つ想い出の店が消えてしまったな……」

そう思っていただけに、閉店したのではなく、移転したのだということに、なぜかホッとしたことを覚えている。

おれが最初に勤めた京町の生命保険会社のビルはもうなかったけれど、あのビルの一本手前

の通りの角の、よく利用した理容院「ミナミ」は健在だった。

それにしても日の出町も、新博多町も、胡桃の辺りも残っている店はあるけれど、すっかり変わってしまったな。

特に駅の周辺の賑やかさに比べて、新博多町の行き交う人のほとんどいない人通りの少なさには驚かされた。

おれたちが高校生だった時代とは隔世の感があるな、と思った。


離れてしまった故郷でも、懐かしさは変わらない。

街を歩けばいろんな思い出にぶつかってしまう。楽しい思い出もたくさんあるけれど、辛い思い出も数えきれないほどある。

さまざまな想いが交差したけれど、やはり、中津を飛びだす原因になった沢村恵理子の比重は大きかった。

時々ではあるが、未だにあの時の古傷が疼《うず》くときがある。

こと、女に関しては、おれは「九州男児」にはなれないらしい。

久しぶりに会ってみて、お前も黒木も年輪を重ねた分だけの大人になったな、と感じた。

それが普通なのだろうし、当然と言えば当然なのだろうけれど、おれはお前や黒木と同じ年輪を刻んだはずなのに、なぜか心は揺れ動いた青春時代の少年の心そのままに、大人にはなりきれていないような気がする。

それは多分、書き残した日記帳のせいかもしれない。

多くの友人たちとの交友録が刻まれた七冊の日記帳に、お前と黒木と、そして沢村恵理子が屢々《しばしば》登場する。

沢村恵理子はその出会いから、別れて、そして日記帳を書くことを止《や》めるその日まで、登場しない日はなかったけれど、それは別の青春でもある。

この日記帳は来世へ持って行き、お前と黒木と、そして沢村恵理子とで読み返したいと思っている。

結婚はお前が先だったけれど、来世へ行くのはおれが先だろう。その時こそ、本当の意味での青春を取り戻せるのかもしれないな。


今は五〇歳を目前にして、人生の半分以上は終わってしまったと思う。

二〇歳のころなら、後をふり向く必要はなかったけれど、残り少ない人生を悔いのないように生きていくためには同じ後悔はしたくない。

だから、二〇歳のころの日記帳を読み返しつつ、時々歩いてきた路をふり返り、確かめてみたくなる。

ふり返ってみると、おれから見た伊藤《おまえ》も黒木も良き親友《とも》だった。寂しがり屋のおれにとって素晴らしい青春時代の相棒だった。お前がいたから、黒木がいたから、沢村恵理子との深い傷痕に苦しみながらも、おれはあの荒んだ暮らしから抜け出し、そして立ち直ることができた。

三〇年以上もの歳月を経て、自分の多感だった青春時代をふり返ってみて、そう思った。沢村恵理子との古傷は未だに残り、時々疼《うず》きはするけれど……。

どんな偉い人間にも、どんな権力者にも、どんな金持ちにも、時間《とき》の流れは止められない。

時計の針を止めることはできても、地球の自転を止めることはできない。

時計の針を戻してみても、地球は逆に廻りはしない。

太陽を西から昇らせることはだれにもできない。

だれも過去には戻れない。お前も黒木も、沢村恵理子もそしておれも……。

「同じ時代を共有できることは素晴らしいことなのだ」

そう思いながらも、おれはたった一つの小さな過去を棄てきれなかった。

おれはもう、中津に住むために帰ることはないだろうと思う。

おれには二つの夢がある。

一つは、北の大地で暮らしたい。

おれの人生は、汚れすぎてた。妻や娘には綺麗《きれい》な自分しか見せなかったけれど、自分の心の中では、自分の人生に反吐《へど》が出る思いだった。

その思いが、北海道の自然に魅せられた原因かもしれない。清廉な、無垢な美しい自然に魅了された。

そして、その美しい自然の虜になった。

北海道の美しい自然に触れたとき、心を洗われる思いがした。

「汚れすぎた自分を洗ってくれるのは、この大きな自然しかない。

ここでやり直そう」

そう思った。

それが、北海道へのおれの思い入れだった。

二つ目は、沢村恵理子への叶うことのなかった夢をこれからも温め続けて、そして定年を迎えたら、その想いを小説にしたい、という夢だ。

お前は忘れたかもしれないが、沢村恵理子への想いを綴った手紙を書いたとき、お前はおれの切ない気持ちを嘲笑《わら》うかのように、

「小説家になれ」

と言ったことがあった。

その言葉に従うには少し時間がかかりすぎるかもしれないが、定年を迎えたら、おれの人生と、お前や黒木や、多くの素晴らしい友人たちと、そしてこれまでに出会った多くの素敵な女たちをベースに小説を書きたい。

青春時代の片隅で、お前や黒木という良き親友《とも》と沢村恵理子という素晴らしい恋人に出会い、素敵な夢を見た。

そしてまた、人間たちの赤裸々な醜い欲望の争いにも巻き込まれ、信じていた友人たちに裏切られ、不本意な、辛くて、嫌な思いもさせられた。

十年後には、そんな人生経験を書くことをライフワークにしながら、好きなゴルフを楽しみつつ、北の街で静かな老後《よせい》を送りたい。

そんな夢を持っている。

ただ、暴飲暴食を重ねてきただけに、その年歳《とし》まで健康でいられるかどうか、少々不安がない訳ではないがな。

おれは札幌にいた五年間に、一二万キロ走った。

北海道中を走り廻った。

それでも、北の大地は飽きることがなかった。

沢村恵理子を語ったら語り尽くせないのと同じように、北海道も語り尽くすことはない。

おれは北海道の虜《とりこ》になった。

「嗤《わら》わば嗤《わら》え！」

と思っているが、お前はきっと嗤っているんだろうと思う。

「いつまで、青春時代《むかし》を抱え込んでいるんだ」と。

そして、大人になりきれないままのおれの幼稚さを多分、軽蔑《けいべつ》しているんだろうと思う。

だけど、おれは青春時代を抱え込んだまま、ロマンチストのままで生涯を終えたい。

若かったころはそれなりの夢を、別の夢を持っていたけれど、今は捨てた。

人間《ひと》は、男は、ロマンを求め続けて、それが生き甲斐であって当然だと思っている。それだけに、この歳になって仕事だけが生き甲斐の人間で一生を終わりたくはない。

今更、どんなにもがいてみても、出世なんて高《たか》がしれている。

こんなおれよりも、もっと出世の遅れた奴だっている。上を見ても、下を見てもキリがない。

魑魅魍魎《ちみもうりょう》たちの住み家のような会社を相手にして、今更、仕事人間を続けて出世を求めるより、平凡な家庭を大切にしながら自分の夢を追い続けたい。

それが信頼していた仲間や部下に欺かれ、組合員のため、そして会社のためを思いながらも、組合員にも会社にも見捨てられて、この歳で窓際に追いやられた男の、せめてもの「ささやかなロマン」なのだと思っている。

家庭が平和であればそれでいい。

人生は平凡であればそれでいい。

夫としての、父親としての義務を果たすことが自分が選んだ妻への、そして生まれてきた娘への責任であり、思いやりだと思っている。

哀しいことに男は同時に複数の女を愛せるけれど、そんな想いを妻子に見せずに、生きていくのも男の宿命《さだめ》だと、おれは思っている。

だから、妻子は妻子、現実に掌の中にある幸せは大切にしながらも、

「自分の心の中の思い出は、もう一つの自分の人生だ」

そう思いながら、両方を大切にして生きてきた。

お前も黒木も昔から潔癖で純粋だったから、そんなお前や黒木に言わせれば、こんなおれは多分「偽善者」なんだろうな。きっと。

だけど男も女も、夫婦であっても、皆、お互いの眼には見えない過去を背負って生きているのが現実じゃあないのかな？

おれはそう思いながら生きてきた。

最後に、お前に詫《わ》びたいことが二つある。

一つは、お前の結婚式に出席できなかったことだ。

おれはそのことをずっと引き摺《ず》ってきた。

あのころは、金がない、なんてもんじゃなかった。

ただ金がない、ということだけが理由じゃなかった。

前借りばかりの生活を続けて、その前借りで酒と女と賭博《ばくち》に溺れていた。

広島から京都、京都から東京へ出て来てからの三年間は、人間としては最低の暮らしを送った。

失くした恋への未練を断ちきれないままに、

「堕《お》ちるところまで堕《お》ちてやれ！」

そんな自暴自棄の暮らしを続けていた。

金がないことがお前の結婚式に出席できなかった最大の理由ではあったけれど、もう一つの理由は沢村恵理子への意地だった。

おれが迎えに帰るまで、

「中津の街で待っています」

と約束してくれたはずの恋人が、東京へ行ってしまった。

結果的には裏切られることになってしまった、かつての恋人への、

「一人前になるまでは絶対に中津には帰らない！」

という愚かな意地だった。

今思えば馬鹿だった。

そして、浅はかだった。

親友《おまえ》の結婚式への出席と、元恋人への意地を両天秤に掛けて、同じ重さにしてしまった。

そして同じ重さにして、出席できない理由《わけ》を金のなさにしてしまった。

そんな自分が恥ずかしかった。

そのことをお前に詫びたいと思っていながら、本当のことを言う勇気がなくて、ずるずると時が過ぎた。

時効になってしまった今ごろ詫びても仕方がないが、おれの心の片隅《なか》にはそのことが残り続けていた。

お前がおれの結婚式に出席してくれたことで、余計におれの心の中からその想いは消えることがなかったし、消すこともできなかった。

それが忘れることができないままに、おれの心の中に残り続けていた重荷だった。

そのことをずっと詫びたいと思っていた。

加えて、同窓会の前日、お前と一緒に飲んだときに話してくれたお前の話が余計におれの心を沈ませた。

お前の結婚式のときに、お前のお袋さんが、

「なにがあっても、河村さんにだけは出席してもらうんだよ。汽車賃はこちらで負担しても良いからね」

そう言ってくれたと聞かされたとき、おれの切なさは限りなかった……。

お前には言えなかったけれど、おれの心の重荷はさらに増した。辛かった。

今ごろ詫びてすむことではないことは承知しているが、やはり一言詫びさせてほしい。

「すまなかった……」

もう一つは、お前と疎遠になった理由《わけ》だが、それは手紙ではうまく書けない。

おれにはナイーブなままの伊藤《おまえ》のイメージが残っている。だから、お前と顔を見合わせながら話すことが一番いいと思う。

お前と顔を見合わせて、話せるときが来たら話したい。

ただ、今言えることは、田舎《なかつ》に帰ってもお前の家に寄る回数が減ったことや、手紙を書かなくなったことも、それなりの理由があったということだけだ。

そのことも、おれの心の中のもう一つの重荷だったし、申し訳ないと思い続けてきたことの

一つでもある。

お前だけではなく、おれ自身が繊細すぎる部分を持っていたことも理由の一つかもしれん。話せば、

「なんだ、そんなことか」

と言うかもしれないが、「そんなこと」に、おれはおれなりの拘《こだわ》りを持ったまま、申し訳ないと思い続けてきた。

心の中では親友だと思いながら、その親友の結婚式にさえ出席できなかった自分を、そして自分の意に反してまで、疎遠を押し通した自分を恥じてきた。

口惜しいけれど馬鹿なおれには、過ぎ去ってしまった過去を詫びることしかできない。それがおれみたいな馬鹿の、馬鹿たる所以《ゆえん》かもしれんな。

まだまだ、書き足りないけれど、久しぶりに言いたいことを書いた。

すまんな。

ただ、あの同窓会は本当に懐かしかった。

その想いが、こんな手紙を書かせたのだと思うが、気さくに読み流して欲しい。

お前はお前。おれはおれ。

だけど、今でも親友だと、おれは一方的に思っているよ。沢村恵理子への尽きせぬ片想いと

同じように。

余りに懐かしすぎた青春時代が、ロマンチストのおれを余計に感傷的にさせてしまったようだ。だから、歳にも似合わぬこんなロマンチックな手紙が書けるのかもしれん。

気が向いたら、昔のように手紙《たより》をよこしてくれ。

だけど、もともとお前は筆無精だったから、当てにはしていないがな。

そうは言っても、島流し同然の郡山の片田舎で、独りで暮らしていると結構人恋しくもなる。

なにしろ、肩書きは「部長」でも、部下もいなけりゃ机もないし、電話もない。

名目だけの上役がいて、月に一度ほど顔を見せる。

気楽と言えば気楽だが、二度もトップの座を経験した身には、やはり切ないときもある。

余りの情けなさと口惜しさに、眠れぬ夜は独り自棄酒《やけ》をあおり、不覚の涙をこぼすときもある。

しかし、

「今は充電期間だ」

そう思うことにしている。

「おれも九州男児の端くれだ。

このまま、郡山《ここ》で終わるつもりもなければ、いつまでも過ごすつもりもない」と。

だが、頼りとする会長は、

「君は百年の歴史を持つ我が社の二〇〇〇人の社員の中の最後の武士《さむらい》だ。

頑張ってくれなければ困るよ」

そう言って励ましてはくれるが、現在のおれの惨めな境遇は全く知らない。

心ある重役は、

「二、三年辛抱しろ。

必ず復権させてやる」

そう約束してくれたけれど、おれはもう他人《ひと》は信じないことにしている。

裏切られ、欺かれることの切なさを嫌というほど思いしらされたから。

娘が大学志望なので、卒業するまでは辛抱《がまん》しようと思っているが、それまでに展望が開けなければ、娘の卒業後に妻と二人で札幌で出直そうと考えている。

そして、二つの夢を実現させるつもりだ。

いつの日か、またお前と黒木に再会できることを楽しみにしている。

お互い五〇歳の大台が目前だ。健康には注意しろよ。お前がおれより先にすることは子造りだけでたくさんだからな。
お袋さんに、そして奥さんにくれぐれも宜しく伝えて欲しい。

草々

我が生涯のポン友、伊藤へ

夢追い人のボヘミアン　河村二郎

平成四年八月二〇日

後書き

この作品は仕事の合間を利用しながら、いろいろな人々からアドバイスを受け、ヒントをもらい、あれこれと推敲しつつ、その都度書き直しをしてきましたが、一〇数年を掛けてなんとか完成することができました。ご協力を戴いた多くの人たちのお陰だと感謝しています。

様式的に「手紙」にこだわったのは、心理状態をストレートに表現できるからでもありますが、昨今は携帯電話の著しい普及により、手紙を書かなくなったことに対する、僭越ながら私なりの警鐘の意味合いもありました。

そしてまた、最近は多くの有名人たちが「できちゃった婚」を堂々と発表する時代でもあります。古い考え方と笑われるかも知れませんが、私はかねてからそんな風潮を、あまりにも節操がなさすぎると、苦々しく思っていた一人であります。この本は安易に「できちゃった婚」を真似して欲しくない、という思いもあり、適齢期の若い方々にぜひ読んで戴きたいと思い、出版することにしました。この小説の時代は四〇年も前ですが、三〇年、四〇年という時の流れの中で、こういう愛し方も、こういう恋もあっていいのだ、ということを現代の若者たちに訴えたかったのです。同時にまた、違った意味で私と同時代、同年齢のロマンチストたちにも。

もうひとつは九州男児ということにこだわった点です。私も古いタイプの九州男児の一人ですが、近ごろは「肥後もっこす」や、「薩摩のいごっそう」に代表されるような、男、男した九州男児はいなくなった、とよく言われます。確かに若い世代では九州男児は滅んだとは思いますが、九州男児が健在であれば、こんな恋をし、こういう生き方を貫いたのではないだろうかと思いつつ書き上げました。

そしてまた、かつてはどんな会社にも、正しいと思えば社長も部長も関係なしに噛み付く勇気を持つサムライ、と呼ばれる男が必ずと言っていいほど、一人や二人はいたものでした。

出世なんてくそ食らえ！　そういうアウトロー的な男たちがいて、だからこそ会社には活気がありました。そんな活気をもたらす「サムライと呼ばれた男たち」も今はいなくなりました。

余談になってしまいますが、日本経済が長い不況のトンネルから抜け出せないでいるのは、そんな男たちを排除し、抹殺してしまった結果ではないでしょうか。そんな思いがしています。

今は絶滅してしまった九州男児、そしてかつてサムライと呼ばれた男たちに、「仕事だけじゃないよ。こんな恋をした男もいるんだよ」という思いで、この本を捧げます。

最後にこの本の出版にあたり、私の永年の夢であった「本を出す」という男のロマンを実現するために、快くスポンサー役を買ってくれた兄夫婦、幸夫・芳江に感謝します。

平成一四年七月一二日

著者

この作品に登場する人物、企業等には特定のモデルはありません。設定もフィクションであり、実在する人物、企業等とは関係がありません。

著者プロフィール

川上 繁男（かわかみ しげお）

1943年7月 大分県下毛郡本耶馬渓町生まれ
1962年3月 大分県立中津北高校卒業
1965年2月 上京後、大手運輸会社に勤務
2000年9月 北海道江別市に移住、現在に至る

五度目のさよならを言う前に

2002年9月15日　初版第1刷発行

著　者　川上 繁男
発行者　瓜谷 綱延
発行所　株式会社 文芸社
〒160-0022　東京都新宿区新宿1-10-1
電話 03-5369-3060（編集）
03-5369-2299（販売）
振替 00190-8-728265
印刷所　図書印刷株式会社

ISBN 4-8355-4385-8 C0093
日本音楽著作権協会（出）許諾第0208427-201